O CÉU NOTURNO EM MINHA MENTE

O CÉU NOTURNO EM MINHA MENTE

SARAH HAMMOND

Tradução:
MARIA BEATRIZ DE MEDINA

1ª edição

— Galera —
RIO DE JANEIRO

2016

CIP-BRASIL. CATALOGAÇÃO NA FONTE
SINDICATO NACIONAL DOS EDITORES DE LIVROS, RJ

H192c

Hammond, Sarah
O céu noturno em minha mente / Sarah Hammond; tradução Maria Beatriz Medina. - 1ª ed. - Rio de Janeiro: Galera Record, 2016.

Tradução de: The night sky in my head

ISBN 978-85-01-10449-6

Ficção inglesa. I. Medina, Maria Beatriz. II. Título.

15-21680

CDD: 028.5
CDU: 087.5

Título original em inglês:
The night sky in my head

Publicado mediante acordo com Miles Stott Children's Literary Agency.

Texto revisado pelo novo Acordo Ortográfico da Língua Portuguesa.

Direitos exclusivos de publicação em língua portuguesa somente para o Brasil adquiridos pela
EDITORA RECORD LTDA.
Rua Argentina 171 – Rio de Janeiro, RJ – 20921-380 – Tel.: (21) 2585-2000,
que se reserva a propriedade literária desta tradução.

Impresso no Brasil

ISBN 978-85-01-10449-6

Seja um leitor preferencial Record.
Cadastre-se e receba informações sobre nossos lançamentos e nossas promoções.

Atendimento e venda direta ao leitor:
mdireto@record.com.br ou (21) 2585-2002.

A meus pais e a Shawn

Prólogo

Vou ficar sentado bem quietinho e esperar: é o que a gente faz com os bichos para eles não ficarem com medo da gente. A Mamãe cadela me observa na sua caminha do outro lado da sala. Estou a quilômetros de distância dos seus bebês, mas mesmo assim ela fica preocupada.

— Tudo bem aí, Mikey?

É a dona de cachorro. Está na cozinha com Mamãe. Elas também estão preocupadas porque saí do hospital hoje.

— Tudo! — grito logo para não virem me ver.

Dói atrás dos olhos quando falo. Estrelinhas por toda parte. Ponho as mãos na cabeça, mas aí paro; não quero tocar em todos aqueles pontos lá atrás.

A Mamãe cadela dá um ganido. Prendo a respiração. Os filhotes estão acordando.

Um focinho preto e miudinho sai do cesto. Patinhas. Um filhote preto rola no tapete. Minhas pernas estão tão ansiosas que dá vontade de correr de um lado a outro, mas fico parado.

As pernas do filhote são bambas — ele não consegue andar direito. Cai. Balança o rabo. Fica em pé de novo. Não me mexo. Ele fareja a borda do tapete azul.

Lá vem o próximo! Maior. Mais gordo. Um pouco castanho, um pouco preto. Pula em cima do preto. Eles rolam e rolam. Patas e orelhas e bocas rosadas abertas. Estou borbulhando por dentro, porém fico quietinho, quietinho.

Mamãe cadela se remexe. Agora tem mais espaço na cama. A dona disse que eram três, então cadê o outro?

O grande pegou uma régua com a boca. Está todo orgulhoso e trota em volta da poltrona com ela. O Rei da Régua. Tropeça quando chega aos jornais no chão e a deixa cair. Chora e arranha o tapete. Não consegue pegá-la de volta.

Inclino-me para a frente a fim de ajudá-lo. Mamãe cadela se levanta, rosna. Ops. Volto a me sentar depressa. Cãibra no pescoço. Sinto pontadas na cabeça e me encolho no chão. O tapete tem cheiro de cachorro. Meus ouvidos parecem estar debaixo d'água. A cicatriz dói. Minha cabeça está escura escura escura.

Respire devagar, Mikey. Inspire, expire, inspire... expire...

Sinto uma coisa molhada no rosto. Abro um dos olhos. Uma carinha peluda. Ele me lambe de novo e se senta no tapete. Abro o outro olho. É o último filhote. É todo marrom, a não ser por uma orelha preta. Ele me observa com a cabeça inclinada. As orelhas de bebê são caídas, ainda não ficam em pé direito.

Mamãe cadela rosna de novo. Não me mexo. O filhote se aconchega no meu ombro. Quente e agradável. A escuridão na minha cabeça está indo embora. Ele está tomando conta

de mim — a dona disse que eles tinham um pouco de pastor-
-alemão, como cães de guarda de verdade. O pelo dele faz cócegas na minha bochecha. Continuo sem me mexer, mas não consigo evitar um sorriso.

Achei. É esse que vou escolher.

Esse é o meu cachorrinho.

Ele pode ir para casa cuidar de nós agora que Papai se foi.

Capítulo um

Timmer e eu ficamos trancados de novo do lado de fora, e esqueci a chave, então vamos passar a noite no galpão de ferramentas. Aposto que Mamãe acha que já estou na cama, mas não estou — fomos dar um passeio compridíssimo porque hoje Timmer faz 4 anos. Ele balança o rabo. Gosta mais do galpão do que da casa. Eu também. Lá é seguro e silencioso. Não tenho de escutar um monte de barulho bate bate batendo na minha cabeça.

A lua é um olho branco e brilhante no céu esta noite. Deixa o jardim noturno diferente do jardim diurno. Há um mexe remexe nas sombras. Coisas se escondem no escuro. As folhas da macieira são prateadas e sussurram segredos umas às outras quando o vento sopra. Sinto um calafrio, embora esteja calor, porque sei de coisas secretas.

Timmer late uma vez e anda pelo jardim, balançando o rabo. Quer ir para o galpão, mas primeiro tenho de ver como Mamãe está.

As janelas são como televisores mudos no escuro. Paro e observo. Dá para ver Mamãe à mesa da cozinha. Há maquiagem escorrida no rosto, lágrimas pretas e compridas na bochecha. Está bebendo cerveja da garrafa. Pegou as fotos de novo e está cambaleante. Detesto quando fica assim.

Dou um passo a frente e ponho as mãos no vidro.

Ela não nota minha presença. Eu devia ajudá-la, mas não consigo. Mesmo que estivesse sentado ao lado dela e tentasse abraçá-la, não conseguiria. Já tentei um monte de vezes. Ela ainda estaria muito longe.

Ouço os ruídos nas sombras atrás de mim ficarem mais altos. As sombras sempre ficam barulhentas quando Mamãe está assim. O médico disse para eu não ficar nervoso e lembrar que são apenas as minhas preocupações, mas não gosto quanto tomam vida. Ignoro-as e fito Mamãe. Ela apoia a cabeça nas mãos. Os ombros estremecem. Timmer se esfrega na minha perna. Está esperando. Fico ali parado mais um minuto. Ainda não posso ir, Timmer; só quando tiver certeza de que ela está melhorando de novo.

O vento quente sopra meu cabelo. Mas não me refresca — ainda faz calor. Escuto Gavin e Tina tilintando copos e pratos ao lado, comendo ao ar livre. Albert mora do outro lado, mas já estará na cama — ele sempre fica em casa quando escurece. Fiz um círculo de névoa na janela. Não consigo ver Mamãe direito agora. Limpo-o depressa.

Mamãe se levanta. Ela está virada para o outro lado, no entanto ajeita o cabelo e bebe um copo d'água. Sorrio e acaricio as orelhas de Timmer. Tudo bem agora, Timmer-meu-

-cachorro. Vamos. A gente consegue escutar lá do galpão se ela precisar da gente.

É o meu espaço, o galpão. Fiz uma cadeira no chão com os pedaços esponjosos do forro da cadeira de praia. Tem cheiro de loção de bronzear. Puxo-a até o canto, do outro lado da porta, e me sento. Fico espremido entre o cortador de grama e a bancada. Se alguém olhar pela janela, não vai me ver. Estou escondido.

Ahhhhhhhh, assim que é bom! Silêncio, silêncio, silêncio. O luar brilha pela janelinha. Timmer faz círculos e depois se enrosca bem ao meu lado. Sinto calor quando ele fica tão perto, mas não me importo; com ele estou a salvo.

Consigo sentir o Pra Trás me puxando, mas ainda não estou pronto.

Recosto o corpo. Timmer está com o focinho no meu joelho. O combustível do cortador de grama deixa minha cabeça dormente. Gosto disso. Tudo flutua.

O mundo está começando a rodopiar; o Pra Trás está chegando, trazendo segredos. Acaricio a cabeça de Timmer e esfrego as suas costas do jeito que ele gosta. Deixo o pelo revolto ainda mais bagunçado. O que veremos hoje, Timmer-meu--cachorro? O que andou acontecendo no meu galpão?

O Pra Trás é minha especialidade: vem como um filme da vida real e me mostra coisas que já aconteceram mesmo que eu não estivesse lá na época. Mas é sempre uma surpresa; nunca sei que parte do Pra Trás virá. Tenho de tomar cuidado e não ir longe demais, porque às vezes há coisas que não quero ver.

Minha cabeça está ficando confusa.

Já vai começar...

Mamãe abre a porta do galpão — ela esquece que precisa levantar um pouquinho a porta, que arrasta na grama e trava no meio do caminho.

Esse pedaço do Pra Trás não foi há muito tempo. O cabelo de Mamãe está ruivo, então talvez tenha sido hoje, talvez ontem; ela estava loura até ir ao cabeleireiro na segunda-feira.

O rosto está bem maquiado, então é de manhã, antes do trabalho. Mas ela está furiosa.

— Onde está aquela maldita coisa?

Ela chuta o regador. Usa sapatos pontudos com estampa de leopardo.

As manchas onduladas deixam minha barriga esquisita. Não consigo olhar para elas.

— Tenho certeza de que estava aqui. — Ela para com as mãos na cintura. — MIKEY! MIKEY! Onde está a caixa de ferramentas do carro? Aquela porcaria não quer ligar. MIKEY!

Não consigo me lembrar dela gritando por mim hoje de manhã nem ontem. Talvez eu já tivesse saído para passear com Timmer. Queria saber que o carro não ia funcionar; aí eu poderia ter ajudado a consertar. Gosto de ajudar.

Ela remexe as ferramentas de jardinagem — o regador, a mangueira verde, os vasos de plantas. Ofega um pouco entre dentes.

— Ah! Achei.

Mamãe pega a caixa de ferramentas azul, abre e pega os cabos de chupeta. Estica o pescoço, olha mais para dentro da caixa. Viu outra coisa.

— Ahhhhhh! — diz ela, como um grande suspiro feliz.

O que ela achou, Timmer? O que ela achou?

Eu me remexo na cadeira de praia para ver melhor.

Mamãe fica lenta e tranquila por um instante e deixa os cabos de chupeta pendurados no braço. Sorri. Mamãe fica linda quando sorri.

— Deus o guarde.

Ela pega a coisa.

Ei, veja, Timmer: é meu velho caminhão Tonka vermelho! Quando era pequeno eu costumava brincar de consertá-lo como se eu fosse mecânico.

Mamãe gira uma das rodinhas com as unhas compridas pintadas de rosa-shocking.

Não entende nada de carros, essa Mamãe.

Ela beija o caminhãozinho e o guarda de novo.

— Meu menino — sussurra.

Fico todo bobo e aquecido por dentro.

Deus o guarde — sou eu! Eu a fiz sorrir com meu caminhão Tonka. Timmer balança o rabo e ergue os olhos para mim. Ele sabe. Ele sempre entende.

Mamãe olha o relógio e resmunga. Anda de volta para casa, batendo os saltos pelo caminho.

A sensação de tontura está nas minhas pernas. Afundo-me na cadeira de praia de loção de bronzear. Se fecho os olhos, tudo ainda flutua e tem cheiro de verão.

Tem mais um pouco de Pra Trás vindo para me mostrar outra coisa que aconteceu no galpão. Não é Mamãe dessa vez. *Passos lentos.* Enrugo a testa. Cutuco Timmer com o joelho só para garantir. Ele ergue as orelhas.

A porta se abre, rangendo.

É um homem. Um velho. Chapéu preto, grande e molengo. Casaco escuro, sujo e esfarrapado. Sinto o cheiro dele. Ele fede a mijo e praça e fumaça. Olha lá dentro, a boca aberta. Ergue o isqueiro e vejo seu rosto. Sujo, a barba grisalha e desgrenhada.

Bocejo e me recosto nas almofadas. É só o vagabundo. Não o vejo aqui faz algum tempo. Não tenho certeza de quando aconteceu, mas é mais longe no Pra Trás. Ele usa um suéter grande sob o casaco, então talvez tenha sido no inverno passado. Está quente demais agora para tanta roupa. Timmer fareja perto da minha perna.

Depois desse, vamos parar para não ir longe demais, Timmer. Não se preocupe.

Ele entra no galpão e murmura entre dentes — é desajeitado quando se mexe.

— Psssssssiu — diz ao regador, pondo o dedo na frente dos lábios. — Pssssssssssiu, não conte...

Em geral o vejo no ponto de ônibus a caminho da escola, gritando no seu ninho de jornal como uma gralha velha. Ele sempre tenta falar comigo. Não sei por quê. Talvez porque eu esteja sempre sozinho. Mamãe diz para ficar longe dele, mas isso não importa quando o vejo no Pra Trás porque ele não pode me ver. Mamãe não acredita que eu consiga fazer isso.

Ele começa a remexer na bancada. O luar brilha em seus dedos — são todos enrugados, e as unhas são grossas e irregulares. Ele pega uma bola de barbante verde. Deixa a ponta pendurada tocar a mão. Sorri. Acho que gosta da suavidade na pele. Ele vê a cadeira de jardim quebrada.

— Ahhh! Ah-haaa!

Ele se instala na cadeira.

Não sente aí, seu burro. Não vê que está quebrada?

Ele se estica para trás e solta um grande suspiro, como se estivesse mergulhando num banho quente. Depois se deixa cair sentado.

— Ahhhhhhhh...

O pano listrado da cadeira de jardim se rasga, e o vagabundo cai pelo buraco. Que burro! Fica com o chapéu todo torto, o rosto com uma expressão de surpresa esmagado contra as pernas, e a bunda no chão.

Ele começa a rir. Um riso chiado.

Isso me faz rir também. Que velho idiota!

Ele se contorce para tirar a garrafa do bolso e bebe um gole ali, sentado, a cabeça nos joelhos.

— Uuu-huuu!

Ele sacode as botas enlameadas no ar, o cadarço amarelo todo solto e emaranhado.

— Uuu-huuu!

Aplaudo e lhe dou uma salva de palmas.

Ele ri de novo.

— Só vim aqui ficar de olho no garoto, ficar de olho nele...

Ficar de olho em quem? Que garoto? Eu?

Uma nuvem cobre a lua lá fora e escuto um estrondo súbito dentro da casa. Aprumo o corpo. Timmer se levanta e rosna. É o Agora ou o Pra Trás? Mamãe está bem? Cubro os olhos com as mãos e me concentro. Não consigo escutar nada, a não ser o vagabundo se remexendo na cadeira quebrada.

O vagabundo escuta alguma coisa também e para de se mexer. Franze a testa. Vira-se e olha diretamente para mim.

— Ah, não. — Ele balança a cabeça. — Ah, não!

Sinto um aperto na barriga.

— Você não consegue me ver, não é? — pergunto. As pessoas do Pra Trás nunca conseguem me ver. Ele não responde. A escuridão vai ficando mais escura.

O vagabundo se esforça para sair da cadeira de jardim. Ele se contorce vigorosamente, como um peixe gordo numa rede. A cadeira cai para o lado. Ele consegue se livrar.

Ouço outro estrondo — vidro quebrando na casa? A cabeça gira. Os olhos doem. Será Mamãe? No Agora? Ela está bem? Fico em pé depressa. O chão estremece sob meus pés.

O vagabundo ergue os olhos.

— Fique longe. — Ele levanta as mãos. — Fique longe de mim...

Ele se arrasta de volta para a porta.

Coloco as mãos para o alto.

— Não estou fazendo nada!

Dou um passo na direção dele. Estendo-lhe a mão. O vagabundo me ignora. Ele não está olhando diretamente para mim; observa alguma coisa às minhas costas. Tento segurar a mão dele, mas a minha atravessa a dele, como um fantasma. Timmer rosna e se levanta.

— Fique aqui! — sussurro para o vagabundo. — Não vá...

Ele me ignora. Agora está com pressa. O casaco se prendeu no cabo de uma tesoura de jardim. Ele puxa com força para se livrar — o pano se rasga, mas ele não se

importa. Está tremendo. Empurra e abre a porta, mas não para de olhar para além da minha cabeça enquanto se levanta. Ele volta para o jardim.

Fico todo dormente por dentro.

As sombras estão acordando e estão famintas. Só há uma pessoa que vem até o galpão e o deixa assim.

Sei quem o vagabundo viu.

Sigo-o até a porta. Ergo os olhos para a casa. As luzes das janelas fazem piruetas — a casa rodopia. Não consigo ver direito lá dentro. Timmer está ao meu lado, encostado na minha perna, rosnando. Ele é quente. Seguro a coleira com força. Quero correr até a casa, mas não posso porque agora ele está aqui.

Ele está aqui.

Ele está atrás de mim.

Fui longe demais no Pra Trás.

Capítulo dois

— Olá, Mikey.

Aquela voz baixinha e monótona.

Minhas pernas amolecem. Fico enjoado. Sento-me bem ereto na cadeira de praia e puxo os joelhos para junto do queixo. Como é que deixei a gente voltar tanto assim, Timmer? O que fiz de errado?

Timmer fica de guarda entre mim e ele. O rosnado de Timmer é tão baixo que mal consigo ouvi-lo, mas cada pedacinho do meu cão está tenso e esperando esperando esperando. O Papai do Pra Trás não vai conseguir me ver sentado aqui, no entanto ainda preciso de Timmer ao meu lado mais do que tudo no mundo. Minhas mãos estão escorregadias. Seguro a coleira de Timmer de novo. Fique junto, menino. Fique junto.

Papai está encostado na bancada. Não olho o rosto dele. As botas são grandes e pesadas. Não consigo me lembrar de Papai no galpão desde... desde... Fico com frio e calor, tudo ao mesmo tempo. Procuro o Pequeno Mikey. Quero que fique escondido, a salvo. Qual pedacinho do Pra Trás é esse? Qual pedacinho? Meus dedos apertam a coleira de Timmer com força. Não consigo me lembrar. Isso me deixa assustado.

— Estou falando com você, Michael.

Timmer ergue os olhos para mim. Gane. Tem algo errado.

— Não consegue fazer esse cachorro calar a boca, Mikey? Estou *tentando* falar com você.

Ergo os olhos. Papai me fita diretamente. Parece esquisito. Como se brilhasse mais do que o restante ali, mais até do que o luar. Não é como me lembro. Cabelo curto, quase raspado, e com um hematoma no rosto. Os olhos são a pior parte. Estão arregalados, sofridos, lacrimosos e enlouquecidos. Não consigo parar de olhar. Eles estão me sugando. Cerro os dentes. Não gosto disso. Não me lembro. Quando foi isso, Timmer? Ele não consegue ouvir você latindo, né?

— Michael?

Olho para trás, mas o Pequeno Mikey ainda não está ali. Quem Papai está olhando? Somos só eu e Timmer.

— Mikey, sou eu, Papai. Não vai me dar um oi?

A escuridão do galpão pressiona minha cabeça e sinto um aperto na barriga. Isso não está certo. *Papai consegue nos ver.* Isso é o *Pra Trás* e ele está falando comigo no *Agora*. Minhas pernas ficam tensas porque querem correr o mais depressa possível.

— Eu estava com saudades, Mikey.

Papai se abaixa ao meu lado. Os joelhos estalam. Ele estende a mão para mim. Ela treme. O rosto tem rugas que fazem sombra. Timmer rosna. Há um barulho de vento na minha cabeça.

— Sente saudades minhas também?

Se eu falar com ele, será real. É o Pra Trás, não é? Afasto-me dele. Papai se inclina para a frente. Tem um corte no pescoço, uma linha vermelha e inflamada. Ele está com uma cara esquisita: não consigo descobrir se está zangado ou se vai chorar. Ele estende a mão para me tocar, mas para. Ponho as mãos na cabeça.

— Sou eu! Só seu velho pai...

Passo o dedo pela cicatriz atrás da cabeça. Uma lombada onde a pele foi costurada.

— O que você quer? — sussurro.

— Queria ver meu menino de novo. — A voz de Papai falha.

Ergo os olhos para ele. Seus olhos estão cheios d'água.

— Como saiu da cadeia? — Minha voz é baixinha.

Quero me inclinar na direção dele, mas não o faço. Papai tem o mesmo cheiro da coisa com que Mamãe lava o vaso sanitário. Pulo quando a mão dele pousa no alto da minha cabeça e despenteia meu cabelo. A mão é forte e quente. Minha cicatriz dói. Timmer baixa as orelhas e rosna.

— Isso importa? — sussurra ele de volta.

— Você está aqui? Aqui mesmo?

Papai ergue meu rosto. O polegar dele acaricia minha bochecha. Fico imóvel. Ele morde o lábio, abre a boca para dizer alguma coisa e a fecha. O hematoma no rosto é bem grande. O pescoço parece dolorido. Aposto que andou brigando de novo. Papai pigarreia.

— Estou meio que fora das coisas agora, Mikey.

— Você fugiu?

Ele tosse.

— Mais ou menos. — Ele diz outra coisa, mas não consigo escutar.

— Hein?

— Eu disse: preciso lhe mostrar uma coisa, Mikey.

Minha cabeça gira. Mostrar o quê? Consigo sentir o Pra Trás me puxando, mas está escuro e não quero ver, seja o que for. Cheira mal. Papai fecha os punhos como se também estivesse se preparando para algo ruim.

Não entendo. Não entendo nada disso. Quero ir para casa.

— Preciso voltar. — Puxo Timmer.

Papai se retrai.

— Você me vê pela primeira vez em anos e quer sair correndo de volta para a Mamãe?

— Ela pode precisar... Tenho de ir... — Minha voz falha.

— Fique um pouco, Mikey. Fique com seu velho pai... — Ele se senta ao meu lado.

Está perto demais. Minha cabeça dói. O galpão está ficando menor. As sombras estão ficando maiores. Fecho os olhos. Hematomas. Punhos. Gritos. Não consigo respirar.

Balanço a cabeça.

— Não posso.

Papai fica imóvel. Pega o cinzel na bancada e o joga com força no chão. Pequenas tiras de madeira são arrancadas.

— Vim de tão longe e você vai simplesmente me abandonar? Mesmo depois de eu ter me certificado de que poderíamos ficar a sós?

Ai, não, Timmer, fique aqui perto. Papai está irritado. A culpa é minha.

— Mikey?

Balanço o corpo para a frente e para trás, para a frente e para trás. Pssssiu. Pssssiu.

Ele agarra meus ombros. Timmer se levanta e rosna. Papai lhe dá um chute de aviso, mas Timmer está preparado e desvia.

— Preciso que você FIQUE e OBSERVE, certo?

Balanço a cabeça e me movo um pouco mais em direção à porta. Papai se levanta para chegar lá primeiro — para na frente da porta para eu não poder sair.

— PEDI para você FICAR, Mikey... É importante... Por favor!

Papai tenta me segurar. Consigo me desviar. Timmer pula para deter o braço dele. Morde a manga da camisa de Papai. Ele se vira.

— Cuidado aí, cachorro!

Ele chuta Timmer de novo. Está de costas para mim. A porta está aberta.

É a minha chance.

Estou correndo, correndo de volta para casa. Os braços dos arbustos tentam me pegar quando passo correndo.

Timmer, venha comigo! Venha, garoto!

Bato com força na janela da cozinha. A escuridão do jardim se fecha às minhas costas. Mamãe está de joelhos no chão, varrendo cacos de vidro. Ela se vira e parece confusa. Há um tambor batendo em meus ouvidos.

— Me deixe entrar! A porta está trancada... me deixe entrar!

Mamãe se levanta, cambaleia até a porta dos fundos. Olho para trás. Não enxergo nada. Não escuto nada no galpão. Cadê Timmer? Cadê Papai? Mamãe remexe na tranca. Timmer, Timmer, volte para mim. Volte!

Vejo o relance de um bicho correndo pelas sombras. Timmer pula pelo jardim em minha direção e para, ofegante, ao meu lado. Passo a mão pelas costas dele. Não está machucado.

Cadê Papai?

Olho o galpão lá atrás. Ele está de pé à porta, me observando. Por que não vem e me pega? Há uma sombra negra e comprida que se estende de mim até o galpão. Consigo ouvir sussurros nela. Não é uma sombra morta, é viva. O jardim noturno observa para ver o que vai acontecer. Não consigo ver o rosto dele. Papai começa a se mexer.

— Mãe! Depressa!

Bato na porta outra vez. Por que ela demora taaaanto? A mão de Papai se estende no escuro. Depressa, Mamãe, depressa! Ainda me observando, ele puxa a porta do galpão para si, devagar, devagar, devagar, até que ela clica e se fecha.

Mamãe abre a porta da cozinha. Está quente e claro atrás dela.

— Não percebi que você ainda estava aí fora no escuro! Desculpe, querido.

Entro a toda na cozinha e quase caio no almofadão de Timmer.

— Por que o pânico? Cuidado, acabei de deixar cair o copo...

Seguro Timmer junto de mim com força.

— Parece que você viu um fantasma! Onde estava?

Mamãe sorri para mim. Ela está meio bêbada, mas não quer que eu saiba.

Quando fecha a porta da cozinha, ouço um barulho metálico no galpão.

Encolho-me.

Soa igualzinho a um cinzel sendo jogado no chão.

Capítulo três

— Papai fugiu da cadeia e está no galpão!

Minha voz está abafada porque tento não chorar. Estou inclinado sobre os joelhos com a cabeça semienterrada nos braços. Meus tênis grudam no linóleo de espirais marrons do piso.

— O quê?

Mamãe se senta ao meu lado e esfrega meus ombros. As mãos dela são tão delicadas que quase não as sinto através da camiseta.

— É Papai! Saiu! Está no galpão!

Mamãe tira um pouco de cabelo do meu rosto e o prende atrás da orelha. Tenta parecer calma, mas consigo ver que a mão dela está tremendo um pouco.

— Você viu Papai?

Faço que sim. Catarro escorre do meu nariz.

Mamãe puxa da manga um lenço de papel amassado e me entrega.

— No galpão?

Faço que sim de novo.

— É impossível, amor. — Ela balança a cabeça. — Espere aqui, vou dar uma olhada. Timmer, venha comigo!

Ela sai com meu cachorro antes que eu possa dizer alguma coisa. Tento me levantar, mas a cozinha pisca com estrelas, e as pernas não funcionam. Agarro a borda da mesa da cozinha para não cair. Todas as fotos ainda estão ali, bagunçadas em cima da mesa. Mamãe e Papai no dia do casamento, o peito dele estufado, o rosto dela iluminado feito o sol. Mamãe e eu, quando eu era o Pequeno Mikey, fazendo biscoito — amarraram em mim um avental enorme, e não olho para a câmera porque estou ocupado demais enfiando massa de biscoito na boca. Eu e Papai e Mamãe sentados em fila na praia, cabelos esvoaçantes por toda parte... O Pra Trás fica todo congelado nas fotos.

— Não tem ninguém no galpão, amor. — Mamãe está de volta, um pouco sem fôlego.

Ela me vê olhando as fotos, as tira da minha mão e começa a enfiá-las num velho envelope pardo.

— Mas eu vi! Ele estava falando comigo!

Mamãe segura minhas mãos.

— O galpão está vazio, Mikey. Só tem o cortador de grama, a caixa de ferramentas e as outras tralhas lá.

— NÃO!

— *Sim*, Mikey. Já lhe disse um monte de vezes, amor. Papai *se foi*. — Ela aperta minhas mãos e ergo o olhar e a encaro. Mamãe suspira. — Ele vai ficar na cadeia durante muito tempo. — Outro apertão. — Temos de *esquecer* o Papai. Ele não está mais aqui conosco, e é mais fácil não pensar nem falar sobre ele. Essa é nossa Regra de Ouro, não é? — Os lábios dela tremem, mas os olhos não largam os meus. — Não é, Mikey?

— Ele falou comigo...

— É só sua imaginação de novo, Mikey. Já aconteceu antes.

— NÃO! Não assim... Antes eu só o *observei* no Pra Trás, mas dessa vez ele *falou* comigo no Agora... Falou, sim! Timmer estava lá! Ele disse que agora estava fora...

Mamãe fecha os olhos e cobre o rosto com as mãos.

— Essa coisa de Pra Trás de novo não, Mikey. Por favor. — Ela esfrega os olhos e respira fundo. — Sei como é, meu querido, desde o acidente... Mas esse negócio de Pra Trás tem de parar... — A voz dela fica mais dura. — Não é de verdade, amor. Não é bom para você.

— NÃO NÃO NÃO NÃO NÃO! — Uma nuvem preta aumenta dentro do meu peito e vai explodir para fora de mim, e encher a sala inteira se ela não parar. — Eu *vi* Papai. Ele falou comigo. Falou, sim!

Os ombros de Mamãe relaxam e ela solta minha mão. A voz titubeia.

— Não, Mikey. É só que... — Ela vai até a pia e acende um cigarro. — ... não. — O rosto dela está todo enrugado como um pedacinho de papel amassado. — Não aguento mais. Simplesmente não aguento. Esqueça-o. Simplesmente esqueça. Não aguento falar dele... — Ela vira o rosto para a janela e olha a noite, assim não consigo vê-la. — Simplesmente não aguento — sussurra.

Eu me viro. Ainda consigo ver o rosto dela na vidraça: é como um espelho negro. Ela chora e chora e chora com a boca aberta, mas não solta nenhum som porque acha que não posso ver. A cozinha está muito silenciosa. Escuto o tique-taque do relógio em cima da geladeira. Escuto o zumbido do freezer. Timmer muda de lugar e faz um ninho no almofadão. Mamãe está chorando e me sinto vazio. Eu devia cuidar dela e veja só o que acabei de fazer. Veja só!

Dou um passo para mais perto, mas não encosto nela.

— Desculpe, mãe — sussurro. — Desculpe.

Mamãe se vira um pouco e me puxa num abraço. Ponho os braços em torno dos ombros dela porque agora sou mais alto, e ela se encosta em mim. Ficamos assim um tempão. Sei que mamãe está chorando, mas fico parado e não digo nada, porque é assim que consigo fazê-la parar.

— Tudo bem, Mikey. Tudo bem. Agora somos só você e eu. Você e eu. — Ela esfrega meu braço. — Agora não vamos mais falar de... de... dele, tá?

— Tá. — Mordo o lábio porque sei que ela ainda está meio bêbada. — Quer que eu peça para a Pat vir, mãe?

Pat é irmã de Mamãe e às vezes nos ajuda quando a situação fica assim. Mamãe se afasta de mim e apaga o cigarro.

— Ah, não precisa. Não se preocupe comigo, Mikey. Estou bem. — Ela dá seu sorriso de olho inchado. — Mas é muita gentileza sua perguntar.

Olho o galpão por cima da cabeça dela. É uma forma preta preta no escuro. Sei que tem alguma coisa lá, mas não posso falar nada. Não posso fazer Mamãe chorar de novo.

— Hora de ir para a cama agora, não é? Amanhã é outro dia.

Estalo os dedos para Timmer nos seguir até lá em cima.

— Tem certeza de que não quer que eu marque o acampamento de verão para você amanhã? Posso telefonar para eles antes de ir trabalhar, sabe.

— Nãão. — Detesto aquilo lá. Estou de férias no verão e quero fazer o que eu quiser. — Timmer e eu vamos dar um longo passeio.

Mamãe aperta meu ombro.

— Tudo bem, amor. Vou trabalhar cedo e estarei de volta à tarde. — Ela boceja.

— Tomara que amanhã o carro ligue direito — digo. Estou me lembrando do Pra Trás no galpão, quando Mamãe olhou a caixa de ferramentas. — Para você não ter de fazer chupeta de novo.

— É. — Mamãe revira os olhos. — Aquele carro levou um tempão para ligar na terça. Cheguei atrasada no trabalho. — Ela mexe no meu cabelo. — E você não foi nada bonzinho, Mikey! Precisei da sua ajuda, mas você não estava em lugar nenhum, até que vi você e Timmer andando lá longe, subindo o morro do Cackler, quando eu estava dirigindo para o trabalho. Nada bonzinho com sua mãe, né?

Ela ri e eu me sinto acolhido.

— Da próxima vez você me fala, e dou a partida, mãe. — Estico o corpo. — Sou bom em mecânica.

Ela sorri.

— Tudo bem, amor. Não falei nada na terça-feira porque sabia que você ficaria nervoso por não ter me ajudado. — O sorriso dela congela e ela franze a testa. — *Como* você descobriu que o carro não queria ligar?

— Vi no... — *Pra Trás*. Quase digo "Pra Trás", mas não posso porque aí ela vai chorar de novo e ficar toda nervosa. Em vez disso, dou um pigarro. — O galpão me disse que você andou mexendo lá. Os lugares me contam seus segredos.

Mamãe me olha por um bom tempo e depois balança a cabeça.

— Você me preocupa, Mikey. Você me preocupa. Será que um dos vizinhos viu e lhe contou? Foi isso?

Dou de ombros. Não gosto de muitas perguntas. Elas deixam minha cabeça fervilhante.

— Tudo bem, amor. — Mamãe dá um tapinha no meu braço. — Acho que agora nós dois estamos cansados. Hora de dormir. Amanhã, quando sair para passear com Timmer, não se esqueça de me deixar um bilhete dizendo aonde vai.

— Tá.

— E esteja de volta na hora do almoço...

Sou o último a sair da cozinha. Assim que desligo a luz, vejo algo na janela do galpão. Um rosto. O rosto *dele*. Minha mão fica paralisada na maçaneta. Ele está me observando. *Ainda está lá*. Eu não estava imaginando!

Procuro Timmer. Aqui, garoto! Timmer balança o rabo e lambe minha mão. O que fazer, Timmer, o que fazer? Olho o galpão de novo.

Mas agora é só uma janela vazia.

O rosto sumiu.

Capítulo quatro

Os estalos do rádio entram diretamente na minha cabeça e me acordam. Eles mordiscam em meus sonhos semiconscientes com dentes sedentos. Enfio a cabeça debaixo do travesseiro, mas ainda consigo escutar. Mamãe deixou o rádio ligado na cozinha, e não está sintonizado direito. O barulho está na minha cabeça e não consigo tirá-lo.

Visto a roupa e desço correndo a escada para desligar o rádio.

Assim que abro a porta da cozinha, o barulho é tão alto que arranha a parte de trás dos meus olhos. Tem coisa para todc lado e sacolas no chão para eu tropeçar e nenhum lugar limpo e leite derramado pingando da mesa e barulho, barulho por toda parte, tudo tão misturado que não consigo enxergar nada e está tudo emaranhado.

Preciso sair. Preciso SAIR.

Timmer!

Preciso do silêncio do rio. Preciso pensar.

Pego a caixa de iscas na geladeira e saio correndo depressa depressa depressa. Assim que a porta bate atrás de mim, tudo fica mais suave. Agacho-me e recupero o fôlego.

Aqui fora é mais agradável do que lá dentro. Timmer late e corre em círculos — ele sabe aonde quero ir. O sol é delicado no meu rosto. Quando estou no rio, posso me esticar até onde eu quiser.

Timmer dá um latidinho. Hora de ir. Ele rola na grama amarela e maltratada do jardim, e depois pula em pé de novo, me olhando. Hora de ir. Hora de pescar. Vamos.

Então paro. Preciso do rio, mas o equipamento de pesca está no galpão.

No galpão.

Onde Papai estava.

Timmer ergue os olhos e gane. É seguro, Timmer? Podemos voltar lá? O galpão parece diferente, igual a um galpão normal agora. Os galhos dos arbustos não parecem mais braços que arranham. Mas Mamãe verificou, não foi? Está vazio agora, ela disse. É esquisito, mas quando ando em direção a ele, o Pra Trás parece mais pesado, como um saco escuro de sombras amarrado em minhas costas. Posso entrar? Ele está lá? Será que voltou?

Estendo a mão para a porta. Está bem gasta — a tinta verde está descascando, e as beiradas soltam farpas. Pego um pedaço da tinta e a esmago entre os dedos. Lembro-me do cinzel. Lembro-me de Papai ontem à noite em pé à porta do galpão, me vigiando, me vigiando. Timmer olha para mim, a cabeça inclinada, a orelha preta caída. Ele saberia se Papai estivesse ali dentro, não saberia? Ele sempre sabe essas coisas. Não sabe?

É seguro, Timmer? Ele fareja o chão embaixo da porta e gane. Abaixo-me. Ele está me mostrando alguma coisa. Gelo. Gelo num dia quente de verão.

Recuo. Talvez seja melhor a gente só passear, Timmer. Talvez não pesquemos hoje. Mas são as *minhas* coisas ali dentro. É o *meu* galpão.

Ouço um grito na casa ao lado. Uma porta se escancara com barulho.

— Precisamos de dois pães e de leite!

— *Tendi*!

Gavin e Tina, Tina e Gavin. Sempre falando de comida. Parece mais seguro escutar as pessoas ao redor. Escuto-a correr, saltos toc-toc, pela lateral da casa. A porta do carro bate. O motor dá partida. Um Mazda 323. Gavin abre a janela do andar de cima. Tump tump tump. Começa a música pancadão dele. TUMP TUMP TUMP.

Seguro a cabeça. Tenho de pensar depressa antes que o som de Gavin me confunda. Quero a tranquilidade do rio... consigo senti-la por baixo da música. Timmer está aqui. Gavin está na casa ao lado. Não estou sozinho. TUMP TUMP TUMP. Anseio por silêncio.

Um melro pousa no galho da macieira ao lado do galpão. Ele costuma ficar perto de mim. Um passarinho alegre. Inclina a cabeça para o lado, perguntando o que vamos fazer. Pescar, Pretinho. É seguro aí dentro? É seguro? Aos pulinhos, o melro desce um pouco mais até um galho junto à porta. Eis minha resposta.

Puxo e abro.

Timmer passa na minha frente e entra primeiro. Fareja o ar, mas não baixa as orelhas. O cheiro é engraçado. Cheiro de detergente de vaso sanitário? Ou cheiro de cortador de grama? Não sei. Não vejo nada estranho. Penso, penso, está vazio.

Mas não vou me arriscar.

Da porta consigo alcançar a sacola de pesca e as varas. Seguro a porta aberta com uma das mãos. Empurro Timmer para a frente com o joelho, para alcançar as alças da sacola. Ele entra mais no galpão e me olha. Quer saber o que quero que faça.

Nada, Timmer. Basta ficar aqui comigo.

Puxo a sacola primeiro com a outra mão e depois tateio atrás das varas. A garganta está apertada. Tudo bem, Mikey, tudo bem. A cabeça começa a doer. Parece que tem alguma coisa atrás de mim que não consigo ver. Dou meia-volta: só o jardim, só o jardim. Parece tão claro e distante daqui.

Timmer rosna. As sombras no canto do galpão ficaram mais escuras. Puxo a vara e quase a quebro para sair super-rápido de volta ao sol. A base da vara bate em alguma coisa no chão. É o cinzel. O chão estremece e gira, e consigo ouvir alguém rindo na minha cabeça.

O cinzel está fincado no chão como uma flecha. Consigo ver as aparas de madeira espiralada. De soslaio, noto alguma coisa se mexer. Atrás da cadeira de jardim quebrada. Não enxergo direito. Timmer rosna de novo. O ar parece pesado como clima de tempestade. Estão me vigiando. Puxo o equipamento de pesca pela porta. Quando ela se fecha, tenho um vislumbre. Uma sombra se mexe. Acordei alguma coisa.

Corro.

Assim que passamos pelo buraco na cerca dos fundos do jardim, chegamos ao matagal-antes-do-pasto. Está cheio de garrafas vazias e latas e sacos plásticos estourados.

— E Jim Baker marca outra vez!

Eu me viro. São os garotos da escola de normalistas jogando bola. Jim e Toby e Dave. Jim corre em volta dos outros, braços pro alto, camiseta amarrada na cabeça.

— Não vale! A gente está só brincando! Dois contra um não é justo! — grita Dave, mas também ri.

Aposto que Dave é quem vai sobrar. Ele está em pé entre dois sacos no chão, o gol. Toby faz o que Jim quer porque Jim é o líder e o segue por toda parte. Toby e Jim serão o time de dois.

— Gol é gol, gol é gol! — Jim se vira e balança a bunda para eles.

— É! — Toby funga e bate palmas. — É isso aí, Jim!

— Ei, olha lá o Mikey! — Dave acena para mim. — Quer entrar no meu time, Mikey-meu-garoto?

Jim diz alguma coisa que não consigo escutar. Toby põe as mãos na cintura e começa a rir. Dave sorri e anda na minha direção. Está com uma cara radiante. O solo está rachado em torno dos pés dele porque está seco. Jim chuta terra em Dave ao ultrapassá-lo.

— Não! Mikey vai pescar, né? — Ele aponta para as varas com o queixo.

— É, mas posso... — começo a falar, mas Jim balança a cabeça e ergue a mão para mim.

— E Dave — Jim se vira e pisca para ele —, você devia saber que Mikey-Mikey aqui precisa de esportes leeeeeeeeeeeeeeeentos. Não é, parceiro?

Toby os alcança. Põe as mãos na cintura e cai na gargalhada outra vez.

Baixo os olhos. Timmer se senta aos meus pés. *Estou aqui*, ele me diz. Sinto um negócio engraçado no peito. Engulo em seco.

— Ei, pega aí! — Toby joga a bola para Jim. Jim corre e a chuta para trás, na direção dos sacos. Ambos correm atrás dela e tentam derrubar um ao outro pelo caminho.

Dave dá um soquinho no meu braço.

— Não liga, Mikey. A gente estava mesmo acabando aqui. Eles só estão implicando porque é o começo das férias.

Jim chuta a bola entre os sacos e solta um u-huu.

— OUTRO gol de Jim Baker! — E soca o ar.

Dave revira os olhos para mim e volta aos amigos, batendo palmas devagar. Olho para Timmer. Somos só eu e você de novo, Timmer. Só eu e você.

Capítulo cinco

Puxo os joelhos até o queixo e observo o rio correr. O sol está quente nas minhas costas. O rio, veloz. Não consigo enxergar o fundo. A água se aprofunda e esconde coisas. Está um calorão há séculos, e aposto que os peixes estão com sono. Há barbilhões nesse trecho do rio — eles gostam de se esconder nas águas paradas aqui atrás das plantas. Descobri que este é um de seus redutos e pesquei montes deles, mas estão começando a conhecer a minha isca. Logo vou ter de mudar. Mas gosto daqui; quando estou sentado é difícil me verem por causa dos juncos altos. Ninguém nunca vem aqui.

Há um lugar bom pertinho do salgueiro, mas nunca pesco lá porque é cheio de sombras, e aí tenho de achar outro lugar.

Timmer corre pela margem e bebe um pouco d'água, então se vira para mim balançando o rabo, as orelhas para a frente. Hoje não, Timmer-meu-cachorro. Sem brincadeira hoje. Puxo os joelhos com mais força. Quero ficar na minha e quietinho. Enfio a ponta do tênis no capim. Esqueci o guarda-sol de pescaria e minha camiseta está começando a grudar nas costas.

Timmer se joga no chão perto de mim. Sorri, a língua pra fora. Está enlameado como o rio, marrom-escuro nas patas até a parte peluda da barriga. Rola de costas. Não vou fazer carinho com você tão enlameado, Timmer-meu-cachorro! Ele funga e se deita, quieto. Timmer fica em silêncio aqui também.

O rio está escutando. Ele nunca fala, só escuta. Faz eu me sentir melhor, mas não sei por quê. Na escola, o Sr. Oldfield diz que os rios vão até o mar. Começam como um pinga pinga no alto do morro e depois vão ficando cada vez maiores enquanto correm e correm, e aí o mar engole tudo. Gosto que o rio sempre vá para a frente. Gosto que vá para o mar, o mar, o mar. Sempre para a frente, nunca para trás.

Alguma coisa atrai meu olhar do outro lado do rio, no banco de juncos. Ahhhh! Ela está aqui — minha passarinha especial. A socó. Seguro o focinho de Timmer para ele ficar quieto. Ela é linda — o pescoço longo e curvo — e tímida. Só aparece quando se sente em segurança. Às vezes pesca comigo no rio. Sei que ela tem um ninho em algum lugar no meio dos juncos. Fico parado e calado com Timmer. Ficamos assim um tempão.

Lentamente, ela sai andando, o pescoço espichado. Não me mexo. Ela fica imóvel — espera, observa. Inclina o corpo para a frente. Tem alguma coisa na água. Outro passo. Corre adiante. Golpeia a água. Volta para trás, o pescoço para o alto. Ela comeu. Depois se vai, de volta aos juncos, erguendo os grandes pés com cuidado pelo caminho.

Sorrio. Ela é o meu segredo. Mamãe diz que os socós acabaram de vir morar nesse banco de juncos. Minha socó nunca faz barulho. Muita gente ouviu o socó macho soltar seu trinado estrondoso, mas ninguém nunca viu nenhum deles porque os socós gostam de se esconder. Ninguém viu nenhum aqui. Ninguém, só eu.

Consigo respirar de novo: a magia do ar livre deu certo. Consigo pensar sobre ontem à noite agora; minha cabeça está melhor. Apoio o corpo nos cotovelos, com o sol no rosto. Papai estava *mesmo* no galpão? Ou fiz alguma coisa diferente que deixou o Pra Trás esquisito? Timmer se remexe para chegar mais perto de mim e se senta no pedacinho a mais de linha de pesca. Puxo um pouco e a enrolo na mão. Corto a ponta com o canivete e o deixo na grama. Parece a linha de um caderno. Quero pensar seguindo por ela para manter tudo retinho.

Como observo o Pra Trás, Timmer? O que acontece?

1. Sinto quando o galpão tem um segredo e quer me contar. Só fico sentado e espero, como na pescaria quando espero o peixe. Foi o que fiz ontem à noite. Só me sentei na cadeira de praia e esperei.

Corto mais um pedaço de linha de pesca e ponho debaixo do primeiro pedacinho. E depois?

2. O mundo rodopia e então começa. As pessoas do Pra Trás chegam. Elas só chegam. Foi o que aconteceu ontem à noite até que... até que Papai veio... até ele expulsar o vagabundo do Pra Trás.

Enrugo a testa. Não entendo. Como Papai do Pra Trás conseguiu expulsar o vagabundo num trecho diferente do Pra Trás? Mais linha de pesca.

3. Vejo segredos. As pessoas voltam ao mesmo lugar e vejo o que vão fazer: um filme da vida real só para mim.

Todas essas coisas são verdadeiras. E eu era o mesmo de sempre ontem à noite. Vi o vagabundo, não vi? E Mamãe? Estava tudo bem até que Papai chegou — mas, antes de ontem à noite, mesmo que eu fosse longe demais por engano, eu só assistia.

Corto outro pedaço de linha e arrumo bem retinho abaixo dos outros.

4. Assisto. Escuto. Mas não falo com eles. Nunca. E eles não falam comigo.

Até agora.

Olho os pedaços de linha de pesca na grama — quatro linhas estúpidas para o estúpido do Mikey que não consegue entender nada nunca. Embolo todos eles e jogo na sacola de pesca. O rio continua passando. Escuro e silencioso e cheio de segredos. Minha cabeça dói.

Timmer late. Há alguém atrás de mim. Uma sombra aparece no chão.

— É bom ficar de olho naquela linha... você quase pegou um ali.

Olho para cima, semicerrando os olhos. Há um homem em pé ao meu lado, bloqueando o sol.

— Hein?

Ele aponta para minha vara.

— Sua linha, parceiro. É bom ficar de olho nela.

É aquele sujeito da Fazenda do Cackler. É quase da altura de Papai. Da mesma idade também. Músculos grandes. Dirige um trator. Está com uma sacola de ferramentas e um pouco de arame. Parece que vai remendar a cerca do outro lado do pasto.

Fico em pé. Sou quase tão alto quanto ele, mas ele parece maior e mais forte.

— Não sei se você vai ter muito sucesso.

Ele me olha de soslaio. Tem olhos castanhos. Parecem tensos, como os de um bicho que está tentando entender a gente. Posso falar com ele. Talvez. Ele olha o rio de novo e levanta a mão até os olhos para sombrear o sol — tem uma tatuagem de mulher nua no alto do braço.

— Você já esteve aqui antes, né?

A mulher da tatuagem tem cabelo comprido e está de joelhos. Curvas. Montes de curvas.

— Tenho certeza de que já vi você com esse cachorro.

Ele me olha. Olho a moça nua e cheia de curvas. Será que a gente se sente diferente com uma mulher no braço? Não só a tinta ou o que for, mas porque tem uma mulher lá, debaixo da pele. Nua e cheia de curvas. Ele espera e olha o rio de novo.

— Calado você, né? Mas acho que aqui é lugar de gente calada.

Ele observa as coisas flutuantes balanço balanço balançando no rio. Ninguém costuma fazer isso. Só ficar e observar ao meu lado. Ele não para de me olhar, mas não sei o que dizer. Ele mexe na fivela do cinto — talvez eu o deixe nervoso. Continuo calado.

— Ei, o que é aquilo? — Ele aponta para as corredeiras mais abaixo, bem na curva do rio.

Não vejo nada. Mas há uma coisa esquisita lá no lugar que ele mostra. Fico gelado e sinto um calafrio.

— Era um socó? — Ele me olha. — Cackler disse que tem alguns por aqui. Ele num drenou aquele campo só pra manter o banco de juncos.

Transfiro o peso do corpo de um pé para o outro. Ele não pode ir lá. Não está certo.

Agora ele me observa.

— Consegue ver? — Ele espera.

Não quero que ele olhe. Se ela *estiver* lá, pode haver socozinhos, e não terá nenhum socó macho para ajudá-la a protegê-los. Esse homem tem de deixá-la em paz. Ela é o meu segredo.

Não confio em homens e coisas pequenas. Ele se inclina mais para perto como se procurasse alguma coisa em mim. Torço o nariz e cerro os punhos. Ele ri, mas seus olhos ainda me fitam um pouco mais.

— Vem cá, vou te mostrar.

Ele começa a dar alguns passos rio abaixo. As sombras acordam no capim alto. Se eu tivesse falado, poderia tê-lo mantido aqui com minha vara de pescar, e não por aí procurando minha socó.

— Pare!

Minha voz guincha.

O homem se vira.

— Hein? Disse alguma coisa, parceiro?

— Pare. — Agora minha voz sai mais grave. Mais parecida com voz de homem. — Por favor.

— Ah, então você sabe que é um socó. — O homem cutuca o nariz — Num precisa se preocupar comigo, parceiro. Vou ficar bem quietinho. É só uma olhadela. Sou da roça, eu. Num vou atrapalhar.

E sai andando, as grandes botas de borracha ribombando. Quietinho, é? Vai deixá-los nervosos. Não dá para chegar muito perto.

— Pare! — grito de novo, e vou atrás dele.

Essa parte da margem não parece calma como o lugar da socó. Parece frio e preto e cheio de sussurros. Aperto a camiseta nas mãos. Timmer pula de pé e galopa à minha volta, todo empolgado. Não vamos passear, seu burro, vamos tentar deter aquele grosseirão da mulher nua.

Ele parou. Quase esbarro nele. Timmer gane.

— O que é aquilo?

O homem aponta uma forma escura na água. Tem um silêncio em volta: eu nunca conheci nada tão silencioso. O rio passa, mas também sabe. Esse é outro dos seus segredos que vão para o fundo escuro. Não sei como, mas conheço esse segredo. Conheço a forma escura. O homem me encara, os olhos arregalados.

— Tá vendo aquilo, parceiro?

Dou um passo à frente. Timmer fica junto às minhas pernas. Quase me faz tropeçar. Minha cabeça parece dentro d'água porque não consigo mais escutar direito. Há uma brecha nos juncos e dá para ver uma bota. Uma bota enlameada. Cadarços amarelos. O campo e o rio giram em volta de mim, mas a bota fica parada. Não preciso avançar mais.

— Eu conheço... — começo, mas minha voz falha.

O homem agarra meu braço.

— Sabe quem é?

O rosto dele está perto, porém é um borrão, e só consigo ver direito aquela bota. As botas enlameadas. Estavam saindo da cadeira de jardim quebrada no meu galpão ontem à noite. Sacudindo porque ele ficou preso.

O homem corre pela margem do rio. Grita para mim, mas não consigo escutar. Minhas pernas não funcionam, e desmorono no capim. Ele agita os braços. O vento sopra os juncos. O céu ficou escuro. Estou com frio. Agora o homem se curvou, está acenando de novo para eu ir até ele. Balanço a cabeça. Não consigo me mexer. Sei quem é.

— É o vagabundo.

Minhas palavras ficam ali, penduradas. A boca do homem se abre. Ele dá um passo para o lado, puxando os juncos consigo. Fica me observando com aquela cara estranha estranha. Está quase sorrindo. Consigo enxergar a forma escura sem me aproximar mais do rio. A mão suja e enrugada segura o chapéu preto e molengo. O rosto do vagabundo está virado para o outro lado da margem do rio e só vejo um pedacinho de bochecha roxa. A barba flutua na água. O corpo descansa nos juncos — pertence ao rio agora.

Minha cabeça está escura. O homem vem andando, alto alto acima de mim. Fecho os olhos. Não quero ver mais nada. Envolvo a cabeça com os braços e escondo o rosto nos joelhos. A cicatriz está dolorida. O Pra Trás a está puxando e puxando. Não aguento as sombras daqui. Solto um gemido. Timmer se encosta em mim.

O homem põe a mão no meu ombro. Sinto os rosnados no corpo de Timmer, e o homem afasta a mão de novo.

— Você sabia que o corpo do vagabundo estava no rio? — A boca do caipira está juntinho da minha orelha. As palavras sibilam na minha cabeça. — Você sabia?

Faço que sim. Eu sabia. Mas não sei como sabia. Talvez o rio tenha me contado. Talvez a socó tenha me contado. Talvez tenha sido o Pra Trás sussurrando na minha cabeça.

O homem se afasta. Olho-o por entre os dedos. Ele está com aquele sorriso esquisito outra vez. Parece uma armadilha.

— Fique aqui, tá bom? — A voz é cortante. — Vou buscar ajuda.

Não me mexo.

— Tá me ouvindo? O celular num tem sinal aqui. — Ele espera. — Como se chama, parceiro?

— Mikey.

Ainda não me mexo.

O homem anda na minha direção de novo. Timmer solta um rosnado alto.

— Volto logo, tá? Só fique aí, colega. Fique aí...

Ele anda de volta até o rio. Levanto a cabeça e o vejo ir. Ele esfrega a nuca — está pensando em alguma coisa —, para e dá meia-volta. Está na frente do sol, e só consigo enxergar sua silhueta escura. Depois começa a andar de novo, subindo o caminho rumo à fazenda.

Sinto o rio. Levanto-me e ando até ele. Fico de cócoras e deixo que ele puxe meus dedos. Eu tinha razão. Há segredos ruins aqui. Ele não tem mais nenhum pra frente agora, o vagabundo, só Pra Trás. Não tem mais pra frente. O que aconteceu com você, vagabundo? O que aconteceu?

Olho o campo do outro lado do rio. Campo pantanoso de junco que vai até a fazenda do Cackler. As árvores na beira do campo se inclinam um pouco. O vento as sacode. Cria padrões sinuosos que atravessam o rio. Fala comigo com voz má e sussurrada.

Você viu o vagabundo ontem à noite, diz ele. *Até no Pra Trás ele estava com medo do seu pai. Você sabe, porque você estava lá. Você viu, não viu? Então Papai se zangou. VOCÊ deixou Papai zangado. E veja, Mikey-Mikey, veeeeeja...* O vento sopra terra no meu rosto e meus olhos ardem. *Oooolhe e veeeeeja o que aconteceu com o vagabundo...*

O mundo inteiro está parado. O mundo inteiro está frio. Há gelo no chão me queimando.

Gelo de novo?

Ele se despedaça quando me levanto. Cintila à luz do sol. Cobre o caminho até o vagabundo. Ponho as mãos nas axilas para me aquecer. O vento sopra nas minhas costas e me empurra na direção dele. Não consigo sentir nada porque o gelo é muito frio.

Lá está ele. Agora que o caipira foi embora consigo ver melhor. É engraçado, mas ele não parece mais o vagabundo. Alguma coisa se foi, então agora não é ele de verdade. O gelo cintila como estrelas no casaco. Fumaça preta começa a sair da cabeça dele. Fumaça do Pra Trás. O mundo rodopia.

Nunca vi fumaça preta como essa. Não gosto dela. Não gosto nem um pouquinho dela. Fecho os olhos. O gelo me queima até que eu os abra de novo. Tenho de ver isso.

A fumaça preta da cabeça do vagabundo faz uma nuvem. Ela se espalha e paira acima dele ao longo do rio como uma névoa maligna. Por dentro sinto como se tivesse corrido e corrido e corrido e estivesse a ponto de explodir. Há figurinhas na névoa. Trechinhos de Pra Trás.

A lua está alta no céu. O vagabundo bebe da garrafa. O luar é bonito na água. Tem alguém atrás do vagabundo. A garrafa cai. Os sapatos do vagabundo correm. Tudo está caindo e enegrecido. Botas chutam. Botas chutam. Botas chutam.

Botas grandes.

Botas pesadas.

Botas de Papai.

Levanto e corro margem acima. Não me importo com a fumaça preta nem com o gelo nem com o vagabundo. O mundo está girando, mas pego o equipamento de pesca e começo a correr. Corro para fora do Pra Trás, para fora do gelo. Sinto o sol do verão nos braços, mas continuo correndo. Mais rápido, Mikey, mais rápido, mais rápido, mais rápido.

Você tem de voltar para a Mamãe.

Depressa, Mikey, depressa.

Você tem de ver se ela está bem.

Capítulo seis

— Mãe, você tem de me escutar...

Estou sem fôlego de tanto correr. Ela já voltou do trabalho. Está à mesa da cozinha, digitando no telefone. Ela ergue os olhos, me vê e pousa o aparelho. Revira os olhos e deixa as mãos caírem na mesa.

— Onde é que você *estava*, Mikey? Quantas vezes tenho de lhe pedir para deixar um bilhete?

— Mãe, escute! Aconteceu uma coisa... temos de...

— E esse cachorro está imundo! Está fedendo! Vá lavá-lo antes que entre em casa, *faça-me o favor!* — Ela olha para Timmer e aponta para a porta. — Você! Fora!

Timmer enfia o rabo entre as pernas.

— MÃE! Desculpe, mas é importante!

— Dizer aonde vai também é, Mikey! — Ela fita Timmer até ele sair. — Quantas vezes...? Tem noção de como fiquei preocupada?

Ela não está me escutando, e é importante. Sento-me à mesa e seguro a mão dela. Quando seguro a mão dela, ela me escuta. Adora quando faço isso. Mamãe começa a sorrir, embora esteja tentando se segurar para não fazê-lo.

— Não chore quando eu contar. Promete?

As unhas dela se enterram na minha mão. Ela franze a testa.

— O quê, Mikey?

— É o vagabundo.

— O vagabundo? Que vagabundo? O... o vagabundo do ponto de ônibus?

— É. — Respiro fundo. — Está morto. Junto do rio.

— Morto? — Ela morde o lábio. — Como você... Ah, você, você foi pescar no rio? Ele estava...

Faço que sim.

— Meu Deus! — Ela se levanta e todas as pulseiras douradas tilintam braço abaixo. Ela me aperta. — Você está bem? Você o viu?

Faço que sim de novo.

— Ele estava visivelmente... Quer dizer, você chegou perto para... Ele não estava só em um sono pesado?

Penso durante um minuto. Sei o que ela está perguntando. Quer ter certeza de que ele está morto. Como dizer a ela por que eu sabia que ele estava morto? Eu simplesmente sabia. O homem da fazenda também.

— O rosto dele estava na água... as manchas roxas...

— Ah, Mikey. — Ela estende a mão e esfrega meu braço. — Coitadinho de você... Está tudo bem. Vou chamar a polícia. Eles vão cuidar disso. Você não precisa mais se preocupar.

— Ele já chamou.

Ela para de esfregar meu braço.

— Ele quem?

— O homem.

— Que homem?

— O homem da fazenda do Cackler.

— Ele estava lá também?

Fecho os olhos porque as perguntas vêm depressa demais, mas tudo bem porque é Mamãe e ela não está querendo me pegar. Não como o caipira.

— É, o homem achou o vagabundo mas eu já sabia que ele estava lá.

— O quê? — A expressão dela fica tensa.

— Eu disse ao homem que sabia que o vagabundo estava lá. Eu simplesmente sabia. Não sei como.

Mamãe se senta devagar.

— Está tudo bem, não é, Mamãe? Mamãe?

— Como você sabia que o vagabundo estava lá, Mikey? — A voz dela está bem baixinha. Não gosto disso.

— Não sei, eu... Eu simplesmente sabia.

Mamãe passa as mãos pela mesa como se alisasse algumas rugas que não consigo ver. Timmer entra de volta na cozinha.

— E você disse isso ao homem enquanto estava pescando e aí ele achou o corpo?

Faço que sim.

— E aí ele saiu para chamar a polícia?

— É.

A mão de Mamãe voa para a boca. Ela inspira depressa.

Mamãe se inclina e pega minha mão.

— Veja bem, Mikey, não vou me zangar, mas você tem de me dizer a verdade, certo? Isso é muito importante.

Minha cabeça está ficando toda escura e rodopiante de novo. Pense, Mikey, pense. Mamãe diz que é importante. Olho os olhos dela. São azuis azuis azuis.

— Como você sabia que o vagabundo estava lá?

Não posso mencionar o Pra Trás porque ela vai chorar.

— Não sei. Eu simplesmente sabia.

Ela olha para o outro lado, tosse e depois me olha de novo.

— Você não... você não teve nada a ver com isso?

— NÃO!

Pulo e fico de pé. A cadeira cai, quase bate em Timmer. Isso está errado! Isso está errado! O caipira acha que fiz alguma coisa ruim? Timmer, Timmer, pare de latir! Por que ele acha isso? Está tudo escorregando para o lado errado. Eu tinha uma coisa que precisava contar a Mamãe. A fumaça preta. Os chutes no Pra Trás. Bato os nós dos dedos na cabeça com força para ajeitar as palavras e contar a ela.

— NÃO, NÃO, NÃO!

— Desculpe, Mikey. — Ela se levanta e me abraça a fim de me fazer parar. — Só queria conferir, só queria ter certeza... — Ela espera até que eu pare de me mexer. — Sei que você é um bom rapaz, mas às vezes as pessoas entendem mal... entendem mal as coisas...

— Eu só estava pescando.

— É claro que sim.

— Mas eu queria te contar, eu queria te contar...

— O quê, amor?

Fico contente por não ter de ver o rosto dela quando falo. Enfio o rosto em seus cabelos. Faz cócegas.

— Papai o matou.

Mamãe não diz nada. Fica parada. Timmer gane. Escuto o vizinho Gavin ligar o cortador de grama.

— Eu vi Papai... bom, parte do Papai, assim como o vi no galpão ontem à noite. Mamãe, o que vamos fazer?

O cortador de grama de Gavin continua. Está alto porque a janela está aberta. Quando Mamãe fala, a voz parece vir de muito longe.

— Seu pai ainda está na cadeia, Mikey. Ele não fugiu. Verificamos o galpão ontem à noite, lembra? Estava vazio.

— O Pra Trás me mostrou...

Ela me empurra. Sinto frio.

— Pensei que tivéssemos conversado sobre isso ontem. — Mamãe franze a boca e leva a mão à testa.

— NÃO! Isso não é justo! É REAL!

Mamãe fecha os olhos e, quando começa a falar, é bem baixinho.

— Mikey, prometa, PROMETA que vai parar com isso. PROMETA. Isso é importante. Senão terei de levar você ao médico para ajudar a parar.

— NÃO!!!!!

Puxo o cabelo com força força força força força.... Mamãe agarra meus braços e as unhas se afundam. Contorço-me, mas ela não larga.

— Mikey! Sei que não gosta, mas os médicos só querem ajudar. — Ela segura com mais força e me obriga a olhar para ela. — Essa coisa de Pra Trás está brincando com a sua cabeça e isso não é justo com você. — Agora a voz dela é suave. — Sabe que eu quero que você seja feliz, não sabe? Não sabe, Mike?

Sei? Estou inventando tudo isso? É só na minha cabeça? Timmer põe o focinho na minha mão e lambe. Mas Timmer sabe quando o Pra Trás vem, não sabe? Não sou só eu, né? Timmer grunhe. Ele está comigo. É real, eu sei.

— Mikey? Promete que vai parar? Só estou tentando ajudar.

Ouço um carro parar na entrada. Ouço o cortador de grama de Gavin. Vejo as botas do vagabundo com os cadarços amarelos flutuando na água. Vejo as botas no Pra Trás chutando, chutando, chutando. A campainha toca.

Mamãe se inclina para a porta a fim de ver quem é e solta um gemido de novo.

Sua boca começa a tremer.

— Não importa o que perguntarem, não mencione as coisas que você vê quando fica esquisito... esse negócio de Pra Trás.

Ergo os olhos, e o rosto dela é um borrão.

A campainha toca de novo.

— Mikey? Meu Deus. MIKEY? Promete que também não vai mencionar Papai? Lembra a nossa Regra de Ouro?

Ding-doooooong.

Todos os sons se embaralham e rodopiam.

— Estou indo! — Mamãe soa alegre e não como Mamãe, e aí se inclina e sussurra: — Prometa, Mickey.

Faço que sim para que ela sorria, mas não sei de verdade. Timmer gane de novo.

— E leve esse maldito cachorro lá para fora de novo até que esteja limpo... O regador está cheio, debaixo da torneira do quintal.

Arrasto Timmer lá para fora outra vez e começo a despejar água do regador nas patas dele. Toda a lama do rio amolece e desliza pela grama. O corpo dele treme quando faço isso e ele se afasta de mim, então tenho de segurar a coleira com força. Ele parece menor quando está molhado.

Ouço uma voz de homem quando Mamãe abre a porta da frente.

— Sra. Baxter? Sra. Lisa Baxter? Sargento-detetive Carson. Podemos entrar um instante, por favor? Gostaríamos de trocar uma palavrinha com seu filho Michael.

Fico em pé e observo pela porta do saguão. Mamãe tira os jornais e revistas velhos do sofá e tenta afofar a almofada azul e magra, mas ela continua magra. Seu rosto ficou todo corado, combinando com o cabelo novo, e ela se movimenta depressa demais.

— Sente-se, sargento... sargento...

— Carson. — O policial estende a mão.

É mais ou menos da altura de Mamãe, porém grisalho e meio careca. O paletó verde-escuro está aberto, e a barriga gorda força os botões da camisa. Pode estar usando roupas diferentes, mas sei que na verdade ele ainda é um policial de menor graduação, do tipo que usa uniforme preto-e-branco.

Mamãe afasta o cabelo do rosto e estende a mão, que parece toda branca e mole como um peixe morto.

— E este é o policial Jones.

— Prazer em conhecê-los.

Ela aperta a mão do outro também. Ele é muito alto e magro e tem montes de sardas. A roupa preta-e-branca de policial parece uma roupa de festa grande demais.

Mamãe se senta bem na beirinha da espreguiçadeira e os preto-e-brancos se sentam no sofá. Não tenho para onde ir.

— Traga a cadeira da cozinha, amor — diz Mamãe.

— Ah, esse deve ser Michael! — O sargento Carson se levanta de novo e aperta minha mão também. É um aperto forte.

Sorrio. Ele ergue as enormes sobrancelhas grossas, mas seus olhos não são muito assustadores.

Ponho minha cadeira diante da lareira, mas aí me arrependo porque fico bem diante dos dois policiais. Timmer sabe que estou um pouco abalado, então vem e se senta aos meus pés. Ainda está molhado e fede um pouco, mas tem de ficar comigo, tem. Enfio os dedos no pelo do pescoço dele. Mamãe franze a testa para mim e se levanta para enxotar Timmer, mas o sargento Carson levanta a mão.

— Ele pode ficar se não incomodar.

O policial Jones bufa ruidosamente. Mamãe ergue as sobrancelhas para mim — o que significa "atenção" — e se senta de novo.

— Estamos aqui porque recebemos uma ligação sobre você hoje de manhã. — O sargento Carson sorri, mas é um sorriso do tipo tome-cuidado-filho. — Gostaríamos de lhe fazer algumas perguntas se possível.

O policial Jones assente e puxa um bloquinho de anotações. Ele olha o relógio e escreve alguma coisa.

— De acordo com sua mãe, você tem 14 anos...? — pergunta o sargento Carson. Confirmo. O policial Jones escreve outra vez no caderninho. O sargento Carson sorri. — Pode nos contar onde estava hoje de manhã?

Tento falar, mas só sai um guincho. Engulo em seco. Mamãe puxa um lenço de papel da manga e o torce, mas sua boca se estica num sorrisinho. Tento de novo.

— Fui pescar.

— Que horas eram?

Engulo em seco de novo, mas tem um bolo na garganta que não desce. Não consigo me lembrar da hora. Minha cabeça está começando a ficar confusa. Seguro a cadeira com força.

Mamãe pigarreia e fala no meu lugar.

— Mikey frequenta a escola especial da rua Peter. — Ela olha o sargento Carson intensamente. — Ele estava na cama, dormindo, quando saí de casa às oito horas.

— A senhora foi ver se ele dormia, Sra. Baxter?

— Fui.

— Você se lembra de ter visto alguém hoje de manhã, Michael, a caminho da pescaria?

Meus dedos estão tão escorregadios que deslizam da cadeira. Contraio o rosto. Todo mundo me olha e a sala está diminuindo. Fecho os olhos para irem embora. Hoje de manhã... Lembro o barulho do rádio... e as sombras no galpão... e então estava tudo bem e eu pude ir porque havia gente em volta. Abro os olhos.

— Escutei Gavin e Tina falando de compras e Tina foi buscar pão e leite quando eu estava no jardim pegando as varas de pescar.

O sargento Carson sorri.

— Obrigado, Michael. Isso ajudou bastante.

Uma sensação empolgada e efervescente zumbe pela minha cabeça como minifogos de artifício. Ajudei! Um policial! Um de verdade. Retribuo com um grande sorriso. O sargento Carson tosse.

— Agora me conte o que aconteceu quando chegou ao rio, filho.

— Eu queria silêncio e me sentei bem quieto perto da ponte e pesquei um pouco.

— E o que viu?

Mordi o lábio.

— Bom, isso é segredo.

Os preto-e-brancos se sentam mais eretos e Mamãe quase pula. O sargento Carson fala com voz baixa, mas seus olhos ganharam vida:

— É melhor você nos contar, filho.

Mamãe abre a boca, mas ele ergue a mão para ela e fica me fitando.

— Promete que não vai machucá-la? — sussurro.

— Ela? Quem é ela, filho?

Remexo o corpo na cadeira.

— Promete? É como se eu cuidasse dela.

— Não temos o hábito de machucar ninguém, Michael, mas é muito importante que você nos conte sobre quem estamos falando.

Sinto o silêncio dela na minha cabeça.

— Michael? — O sargento Carson me olha. — Precisamos que você conte para nos ajudar. Você está fazendo um serviço muito importante aqui, filho.

— A socó — sussurro.

— Ahhhhhh. — O sargento Carson se recosta, um sorrisinho no rosto. Os olhos dele ficam um pouco mais suaves.

— Hein? — O policial magricela ergue os olhos.

— Uma socó. Uma ave, Jones, uma ave. Parece uma garça pequena. Espécie em risco de extinção. — O sargento fala comigo de novo. — Não vamos machucá-la, filho. Seu segredo está bem guardado conosco.

Meus ombros relaxam e consigo respirar melhor.

— Conte o que mais você encontrou no rio hoje, Michael.

— Aquele homem da fazenda apareceu e achamos o corpo do vagabundo quando ele estava olhando o rio. — Minha voz ficou baixa de novo.

— Isso. Vocês o acharam juntos?

— Ele viu primeiro.

— O homem da fazenda? — O sargento ergue as sobrancelhas. — Mas ele disse que você já sabia que estava lá.

Lembro o gelo estalando e me guiando pela margem do rio. Consigo ver o caipira e o seu sorriso estranho quando ele abre caminho entre os juncos.

— Ele remexeu no capim perto do rio e eu consegui ver a bota.

— Você reconheceu a bota?

Faço que sim. Lá estão elas, suspensas acima da cadeira de jardim quebrada. Meus olhos ardem. Aperto os lábios porque estão começando a tremer. Mamãe estende a mão para tocar a minha.

— Mikey passava pelo vagabundo no velho ponto de ônibus todos os dias a caminho da escola, não é, amor? — Mamãe sorri para mim.

Faço que sim de novo. E às vezes ele vinha para ficar de olho em mim no galpão — como no pedacinho do Pra Trás que vi ontem à noite. Há uma gota na ponta do meu nariz e ela balança quando mexo a cabeça. Mamãe me passa seu lenço de papel.

— E é por isso que você sabia que era o vagabundo?

— É.

— E o que havia nas botas, filho? — O sargento Carson se inclina à frente para bloquear Mamãe um pouco.

— Cadarços amarelos — sussurro.

Ele volta a se recostar, assentindo, mas não diz nada.

— Posso lhe perguntar aonde você foi ontem à noite, Michael?

— Ele estava aqui comigo a noite toda. — Mamãe afasta o cabelo do rosto e sorri para os preto-e-brancos.

— Perguntei ao seu filho, senhora. Se não se importa...

— Eu *estava* aqui. — É verdade. Eu estava aqui no galpão.

— Apenas uma noite tranquila e comum e depois conversamos um pouco antes de subir para o quarto, não foi, amor? Eu diria que subimos... hããããã... lá pelas dez e meia. — Mamãe sorri de novo.

O sargento franze a testa para ela e me olha com a sobrancelha erguida.

— É verdade — digo, e sorrio para ela.

Mamãe se vira para o sargento Carson.

— Foi quando mataram o vagabundo, sargento? Ontem à noite?

— Foi, senhora. É o que achamos, mas é claro que temos de esperar o resultado da autópsia para confirmar. — Ele se levanta e os joelhos estalam. Estende a mão para Mamãe outra vez. — Obrigado pela atenção.

Mamãe ainda exibe o sorriso alegre demais.

— O prazer foi nosso, sargento. — Ela se dirige para a porta da sala com o braço estendido, indicando o caminho.

O sargento-detetive Carson morde o lábio e me observa.

— Você ajudou muito, rapaz.

Ele também aperta minha mão, como se eu fosse um homem de verdade. Fico bem ereto. Os dois preto-e-brancos vão embora.

Mamãe entra de novo, as mãos na cintura, e bufa. Vai à cozinha e volta com uma cerveja na mão. Bebe um gole.

— Deus, que dia. — Ela passa a mão pelo cabelo e desmorona no sofá, colocando os pés em cima da mesinha de centro.

— Está tudo bem, Mamãe? Estamos com problemas? — Sento-me ao lado dela.

Ela beberica mais cerveja.

— Não, amor. Você foi brilhante. — Ela põe a cerveja na mesinha. — E não graças àquele maldito caipira, nos dedurando assim. Ele devia cuidar do que é da conta dele.

— Dedurando? — O caipira ligou para os preto-e-brancos e disse que eu fiz uma coisa ruim com o vagabundo? — Ele acha que sou mau?

Mamãe solta um suspiro longo, se recosta no sofá e fecha os olhos.

— Talvez, amor, mas que importância tem? Que importância? Tudo está bem quando acaba bem.

Lembro que o homem da fazenda ficou ao meu lado em silêncio enquanto eu pescava. Ninguém tinha pescado comigo desde que Papai estava aqui, e ele acha que sou mau. O vagabundo está morto. Papai fugiu. Timmer gane e empurra o focinho contra a minha perna. Você é o único que acredita em mim, Timmer-meu-cachorro. O único.

— Ei!

Mamãe estende a mão para mim e limpa meu rosto. Está molhado, mas não notei. Fecho os olhos.

— Você teve uns dias difíceis, não é? Olha só, vamos planejar uma comemoraçãozinha. Só você e eu. O que quer fazer? Qualquer coisa, diga aí.

Por trás dos meus olhos, o rio corre corre corre para o mar. Na foto minha com Mamãe e Papai, estávamos todos felizes e sorrindo quando íamos lá. Abro os olhos.

— Vamos à praia!

Mamãe levanta a cabeça, sobrancelhas erguidas.

— À praia? Como quando você era pequeno?

— É! — Balanço os pés no chão. — Por favooooooooor, mãe! Você disse que eu podia escolher! Você acabou de dizer!

Mamãe dá um sorriso triste.

— Tudo bem. Tenho folga na terça. Por que não?

Os meus pés continuam sacudindo. A praia! Minha comemoração! Ouviu isso, Timmer-meu-cachorro? Ouviu isso?

Capítulo sete

Acordo e minha cabeça está limpa. Sei o que vou fazer. Vou à fazenda do Cackler dizer ao caipira que não sou mau. Quando abro as cortinas do quarto, o céu está igual à minha cabeça: todo azul, sem nenhuma nuvem.

Este é meu quarto, não o do Pequeno Mikey. Ele ficava no quartinho da frente ao lado do quarto de Mamãe. Existe um Pra Trás escuro e muito antigo naquele quarto — não entro lá porque me mostrará coisas assustadoras, então Mamãe deixou eu mudar para cá quando Papai foi embora. É muito maior, e Timmer tem uma cama aqui também.

Meu quarto tem duas janelas. A da frente dá para a rua. Se a gente olha com muita atenção e franze os olhos, consegue ver os pastos na extremidade da nossa propriedade, mas na maioria são só casas. Fico meio em pânico quando não consigo ver montes de coisas verdes, e não gosto daquele barulho todo e de pessoas que olham pra dentro de casa, então sempre deixo as cortinas dessa janela fechadas. São cor de laranja, e assim o meu quarto é sempre alaranjado também, e isso o deixa quente mesmo no inverno, quando o aquecimento não funciona direito. A janela de trás é minha favorita, e geralmente deixo essas cortinas abertas o tempo todo para ver o jardim, o mato-antes-do-pasto e até os pastos e árvores e rio e juncos e fazenda.

Mas fechei as cortinas da janela de trás ontem à noite. Não me importa o que Mamãe diz; havia alguma coisa no galpão guardando os seus segredos e me observando, e eu não conseguia dormir.

— Já se levantou, Mikey? — Mamãe só vai trabalhar à tarde, então vai preparar meu café da manhã hoje.

Desço a escada correndo de dois em dois. Timmer voa comigo.

— Cuidado, Mikey! — grita Mamãe da cozinha. — Que barulheira!

Não dou a mínima; entro correndo na cozinha e dou um abraço nela. Ela está junto da pia, lavando a louça com as luvas rosa-shocking.

— Você está de bom humor! — Ela sopra algumas bolhas de sabão em mim.

Elas pendem no ar por um minuto. Há arco-irisinhos presos no meio delas. Estouro uma com o dedo. Hoje vai ser um dia tão bom! Rebolo e giro para fazer Mamãe sorrir.

— Ah, quem aguenta você, seu bobinho?

Ela tira as luvas e me dá uma palmada com elas no bumbum, mas está rindo.

— Nada de descanso para os malvados! Hoje é dia de faxina. Vai sair com Timmer? — Ela acaricia e bagunça meu cabelo ao passar.

— Vou. — Ponho um punhado de biscoitos de cachorro na vasilha de Timmer.

A cabeça dele entra no caminho porque ele não consegue comer todos tão depressa e alguns caem no chão. Não importa. Ele vai engoli-los num segundo.

— Não se esqueça de voltar para o almoço, hein? — Ela me dá uma olhada especialmente severa.

— Tá.

Engulo os ovos mexidos com torrada que Mamãe fez. Timmer arranha minha perna e exibe sua cara de fome. Não vou te dar nada, você acabou de comer biscoito, seu cachorrinho.

Este é o meu dia de sol, e vou ajeitar as coisas. Até Mamãe está feliz. Ela gosta de cuidar da casa.

As sombras estalam quando passo pelo galpão. Hoje não, hoje não; Mamãe disse que vai me levar ao médico se eu não parar com o Pra Trás. Respiro fundo. Vamos, Timmer. Vamos procurar aquele caipira.

Cackler está encostado no mourão da porteira, fumando cachimbo, quando chego à fazenda. Sei que ele é o fazendeiro porque gritou comigo uma vez em que deixei Timmer chegar perto demais das vacas. Mas nunca falei com ele direito. De perto, é o homem mais enrugado que já vi. A pele é morena e franzidinha como a casca de uma árvore. Ele também está tão imóvel quanto uma árvore. Não se mexe nem quando me aproximo.

— Olá. — Não sei por quê, mas não me importo de falar com ele. Normalmente, fico um tempão sem dizer nada a pessoas novas.

Cackler dá uma grande baforada no cachimbo. Escondidos sob todas aquelas rugas estão os olhos castanho-escuros dele. São cintilantes. Ele fala comigo com o cachimbo ainda na boca.

— Você é Mikey, não é?

— Sou, sim, senhor... senhor... Cackler. — Tento ser educado, mas não soa bem.

O fazendeiro dá uma risadinha.

— Assim é formal demais. A maioria só me chama de Cackler. — É verdade, é assim que todo mundo fala. Os olhos dele sorriem como se eu tivesse acabado de contar uma piada ótima.

Retribuo com um super sorriso.

Ele indica Timmer com o cachimbo.

— Reconheço seu cachorro.

Cutuco Timmer com o joelho e ele se senta.

— Não incomodamos suas vacas desde a última vez.

— É. — Cackler solta outra baforada e aponta com o cachimbo para o rio atrás de mim. — Você achou o vagabundo com Ralph, não foi?

Não quero olhar para o rio hoje.

— É. Achei o vagabundo com seu homem da fazenda. É Ralph o nome dele?

Cackler faz que sim. Os olhos são bondosos.

— A morte é coisa dura de se ver. Ainda mais quando é fora da época natural. — Ele sorri. — Veja bem, o nascimento também é doloroso. Mudanças, idas e vindas, essa é a parte mais difícil. — Ele dá outra baforada.

Cackler faz eu me sentir muito tranquilo e calmo — e Timmer também, dá para notar. Ele sopra um anel de fumaça. Mais redondo, impossível. Perfeito. Gosto de círculos.

— Posso falar com ele? Com Ralph, quero dizer.

Cackler tira o cachimbo da boca, e fumaça de dragão sai do nariz dele. Faz que não com a cabeça.

— Sinto muito, hoje ele não trabalha.

— Somos só eu e você hoje, né, vô? — Uma menina de cabelo crespo vem por trás de Cackler sem que eu perceba. Ela é meio bonita, com sardas e um sorrisão. Gosto de sardas porque o sol as chama para fora da pele. Ela traz um balde e o deixa no cascalho para pôr as mãos na cintura. — Gostaria que fosse só nós *todos* os dias.

Cackler se vira e ri.

— Ah, mas Ralph faz muita coisa quando está aqui. — Cackler me olha de novo, no entanto não consigo parar de fitar a menina. — Não é muita gente que quer trabalhar em fazendas hoje em dia, não é, Mikey?

— Hein? — Solto um grunhido engraçado.

A menina e Cackler riem. Timmer balança o rabo e vai até ela.

— Ah, ele não é uma gracinha? — A menina se curva para lhe fazer um carinho. — Adoraria que me deixassem ter um cachorro.

Consigo ver dentro da camiseta dela. Cackler me observa, então olho para o outro lado e fico meio corado, aí transfiro o peso do corpo de um pé a outro.

— Mamãe não me deixa ter nenhum bicho, então venho à fazenda sempre que posso. Não é, vô?

— É. — Cackler sorri.

— Como ele se chama? — A menina ergue os olhos para mim.

— Timmer.

Timmer faz seus barulhos de feliz e rola no chão só para se exibir. Ela ri e esfrega debaixo do queixo dele.

— Você é uma gracinha, viu?

— Essa é minha neta Meg. — Cackler põe o cachimbo na boca outra vez, e seus olhos estão supercintilantes. — Ela é como a alma da festa por aqui.

— Oi. — Meu rosto arde. Esfrego o calcanhar do tênis no cascalho.

Com seus olhos verdes, Meg sorri diretamente para os meus.

— Eu estava *dizendo*, jovem Mikey, que não é muita gente que quer trabalhar em fazendas hoje em dia. — Cackler se encosta no mourão da cerca.

Sigo o olhar dele, que fita os pastos e as árvores e as vacas e o espaço.

— Eu trabalharia — respondo.

Meg sorri, e a fumaça do cachimbo de Cackler flutua e sobe sobe sobe para o céu.

— Por que não vem me ajudar um pouco, então? A Velha Mary vai dar cria logo, logo... Quer dar uma olhada nela comigo?

Há um monte de sol na minha cabeça quando ele diz isso. Cackler quer que eu, eu!, ajude na fazenda. Sorrio tanto que minhas bochechas doem, e sinto vontade de dançar, mas não posso, então dobro os joelhos um pouquinho. Cackler ri e balança a cabeça.

— Então venha. Mas é melhor deixar Timmer.

Meg abre a porteira.

— A Velha Mary está ali naquele pasto. — Cackler aponta o cachimbo para um pasto morro acima, atrás da casa da fazenda. — Por aqui.

Prendo a guia em Timmer e a amarro no mourão. Ele me olha com a cabeça inclinada. Tudo bem, Timmer-meu--cachorro, não é por muito tempo.

— A Velha Mary é uma vaca? — Corro para alcançar Cackler.

Ele faz que sim, mas não para. Anda muito depressa para um velho. Viro-me para olhar Meg. Ela pega o balde de novo e diz:

— Corre, senão ele some. Tenho de resolver isso aqui.

Ela anda na direção dos celeiros do outro lado do terreiro. Então me lembro dos bons modos.

— Precisa de ajuda? — grito.

— Não! Eu me viro. Vejo vocês lá.

Nunca tinha ido ao pasto das vacas atrás da casa. As vacas olham para nós quando passamos. Não param de comer capim nem saem do lugar. É como se também fôssemos do rebanho. Pulo por cima do esterco. Tem esterco por toda parte. As vacas pisam mesmo em tudo e deixam tudo lamacento. Cackler não diz nada. Vai mais depressa e quase tenho de correr para acompanhar. Os olhos dele estão fixados um pouco além do carvalho.

— A Velha Mary está lá?

Ele faz que sim.

— Ela pariu os dois últimos bezerros no mesmo lugar; simplesmente foi até aquele velho carvalho e resolveu o assunto ali. Hoje em dia gosto de deixá-la onde fica mais relaxada. Não vai precisar de muita ajuda. — Ele aponta para um bezerro perto da cerca. — Aquela ali nasceu algumas semanas atrás. Bess é a mãe dela. Resolvemos deixar os dois juntos um pouco. Agora, onde está ela? — Ele se vira devagar e aponta para uma vaca magra um pouco acima no morro. — Aquela. Ei, Bess, fique de olho nessa pequenina aqui, hein? — Bess pisca os olhos castanhos e continua a mastigar. — E onde está a Velha Mary?

Ela está deitada no capim do outro lado do velho carvalho. Há uma pequena escavação no chão e ela está de lado. Tem um formato engraçado: os lados parecem ter afundado um pouco e a barriga é imensa. Ela faz força, empurra. Os olhos estão arregalados. Embora Cackler tenha dito que ela já fez isso montes de vezes, ainda acho que está assustada. Aposto que dói. Estremeço, mas não sinto frio. A Velha Mary estremece também.

Ando e me aproximo da cabeça da vaquinha. Há moscas no focinho. Cackler assovia baixinho. Faz que não.

— Fique aí, Mikey! — diz ele. — Não incomode a velhinha. Ela precisa de espaço.

Fico parado. Uma coisa engraçada está acontecendo. Sinto o rodopio do Pra Trás, mas é diferente. Ali, no meio do pasto, o Pra Trás me puxa, mas é mais leve e mais suave. Respiro devagar.

A Velha Mary muge alto. Seu corpo idoso se contrai como um punho. Ela tenta raspar o chão com as patas dianteiras. Cackler franze o cenho, tira o chapéu e enxuga a testa. À minha volta, o Pra Trás suave está puxando minha cabeça.

— Calma, moça, calma, moça. — Cackler se inclina para a Velha Mary, mas não a toca. Ergue os olhos castanhos para mim. Morde o lábio. O silêncio do Pra Trás suave aperta minha cabeça e me agacho.

A Velha Mary muge de novo e tenta se levantar, mas não consegue. Balança a cauda e põe as orelhas para trás. O branco dos seus olhos cintila. Agora ela está mesmo assustada. Tenta se levantar de novo, mas não consegue. O corpo se tensiona. A Velha Mary muge. Está com medo e detesto isso.

— É a última vez, minha velha — sussurra Cackler entre dentes. — Talvez eu não devesse ter deixado você emprenhar de novo.

Ele se aproxima dela, mas ela dá um coice com as patas traseiras. Cackler se afasta bem na hora. Outras vacas do rebanho mugem também.

— Calma agora, moça. Calma. Deite-se de novo, Velha Mary. Como você costuma fazer. — Cackler canta para ela, mas as patas da frente continuam raspando o chão. — Você tem de se acalmar, Velha Mary. Tem de se acalmar...

Fecho os olhos. Deixo sair uma inspiração profunda. Esse Pra Trás suave é gostoso. Como um banho morno. Nunca senti nada assim. A Velha Mary pateia o chão de novo. Quero ajudá-la. Cackler disse que os partos, as idas e vindas, são os mais difíceis. E se esse Pra Trás melhorasse a situação, Velha Mary? Devo tentar?

Deixo que venha. Na minha cabeça, só consigo ver sol. Sol renovado e acolhedor. Um vento quente sopra. Está tudo bem, Velha Mary. Agora estou aqui. Mikey ajudará se puder.

Abro os olhos.

Há um bezerro do Pra Trás deitado no capim ao lado da cabeça da Velha Mary. Ainda não consegue se levantar. É novinho, molhado, cambaleante.

A Velha Mary fica parada; não tenta mais se levantar. É um de seus bezerros de muito tempo atrás. A Velha Mary consegue ver — ela está se lembrando.

O bezerro do Pra Trás fica quieto. Espera até ter forças para ficar em pé. Chuta as patas novas em folha contra a terra, mas ainda é fraco demais.

Os olhos da Velha Mary se acalmam. Ela olha seu bebê do Pra Trás, se afunda no chão e empurra o focinho na direção dele. Tenta lambê-lo.

— É isso aí — diz Cackler atrás —, com calma vai, Velha Mary. Com calma é bom. Está tudo bem, moça, está tudo bem. — Ele se levanta e olha diretamente para mim. — Você a acalmou na mesma hora, Mikey. Muito bem, rapaz!

Ajudei! Ajudei a Velha Mary! Cackler também viu! Mamãe disse que o Pra Trás estava só na minha cabeça, mas não estava. Estava aqui hoje, e foi bom. Abraço meu corpo com força e sorrio para ele.

A Velha Mary grunhe. Baixo os olhos. O bezerro do Pra Trás está sumindo. Não pode ficar. Não hoje. O vento quente pertence ao bezerro novo que logo vai nascer. A Velha Mary dá um suspiro e faz força de novo.

— Venha cá, Mikey! — Cackler sorri. — Dá para ver os cascos!

Meg está em pé ao lado de Cackler. Não a ouvi chegar. Os olhos dela brilham.

— Adoro essa parte — sussurra ela.

Não posso responder por causa do sol na minha cabeça. Queria que Timmer estivesse aqui para ver isso. Não sei por quê, mas queria que Mamãe também estivesse.

— Consegue ver? — sussurra Meg.

Há uma coisa como uma bolsa amarelada pendurada para fora da vaca, mas não pode ser isso, pode?

— Ver o quê?

Assim que digo, entendo o que ela quer dizer. Duas coisas brancas saem de detrás da Velha Mary. Cackler tira a cauda do caminho. Dou uma risadinha — cocô e bebê, tudo saindo de detrás da Velha Mary. Ela muge e faz força de novo. Paro de rir.

Começo a ver as patas. Os pés do bezerro estão saindo primeiro, e as coisas brancas são casquinhos. Fico agachado. Meg me dá um tapinha no ombro. Sorrio, mas não a olho. O mundo inteiro aguarda, prendendo a respiração. Se falarmos, o silêncio vai se quebrar em pedacinhos.

A cabeça está saindo agora. Dá para ver. O bezerro está todo envolvido num saco. Os olhos estão fechados, e ele faz força contra o saco como se fosse apertado demais. Essa é a primeira vez — a primeiríssima vez — que está no mundo. Outro empurrão, e o corpo sai, rápido como um peixe escorregadio. O saco se rompe em torno da cabeça do bezerro. Está molhado e é novo novo novo. Cackler solta um suspiro.

— Muito bom, Velha Mary, muito bom.

Ele segura o bezerro pelas patas, ainda todo amassado no saco, e o arrasta até a cabeça da Velha Mary. Vou atrás. Quero ver isso. Abaixo-me na mesma hora. O vento quente é forte.

Por um minuto, eles não fazem nada. A Velha Mary baixa os olhos. Está cansada. O bezerro está imóvel. Escuto um melro cantar no carvalho. O capim alto sussurra.

O bezerro se remexe, faz força para se mover. **O Pra Trás é suave ali em volta; o bezerro é tão novo que o seu Pra Trás ainda não tem forma: é como água limpa na beira de um lago, fazendo ondinhas. Tudo é faiscante.** A Velha Mary se inclina, a longa língua rosada começa a lamber o saco para tirá-lo do bebê. O bezerro fica imóvel por um momento. O vento cálido está por toda parte.

— Veja! — Meg segura meu braço. — A mãe e o bebê!

Cackler faz que sim.

— O que acha deles, Mikey?

Olho para meu braço. A mão de Meg é morena com pelos dourados. Ela me faz formigar. A Velha Mary não para de lamber o bezerro.

— É brilhante — sussurro. — Apenas brilhante.

O bezerro já começa a se mexer. Ainda não consegue se levantar, mas está tentando. A Velha Mary o acaricia com a língua. Meg tira a mão. Meu braço fica frio.

Cackler põe as mãos na cintura.

— Esse bezerro será seu último... — Ele se curva. — Que tal se deixarmos esse aí com você, no pasto? — Ele estende a mão e dá um tapinha na cabeça da Velha Mary. — Que tal?

— O quê? Aonde mais o bezerro iria? — Enrugo o nariz.

— Geralmente o vô afasta os bezerros da mãe dois dias depois de nascidos — diz Meg. — É melhor tirá-los logo porque aí a ligação não fica forte demais.

O bezerro da Velha Mary tenta se levantar nas pernas finas e novinhas. Cambaleia, mas está quase lá.

— Por quê?

Meg ri.

— Para tirarmos o leite, é claro!

— Bebemos o leite que deveria ser do bezerro? Isso está *certo*?

— Claro, rapaz! Ah, vocês da cidade! — Os olhos de Cackler cintilam para mim. — Mas já resolvi. A Velha Mary está velha. Será melhor para os dois se ficarem algum tempo juntos.

O bezerro faz força e fica em pé. Veja só isso! Em pé e mal acabou de nascer! Dou um viva.

— Uh-uuuuuuuuuu huuuuuuuuuuu!

O melro sai voando da árvore. O bezerrinho cai. Lá longe, ouço Timmer uivando para mim. Cackler franze a testa.

— Acalme-se, jovem Mikey. Talvez seja melhor você deixar esses dois aí agora...

Não quero ir. Dou um sorriso de despedida para o bezerro, a Velha Mary, Cackler e Meg.

— Volte logo, Mikey! — grita Meg enquanto me afasto.

O vento quente sussurra à minha volta enquanto desço o pasto de volta ao terreiro da fazenda. Que dia legal! Cackler me deixou entrar na fazenda. Vi um bezerrinho nascer. O Pra Trás foi bom. Uma menina pôs a mão no meu braço e ainda consigo senti-la, quente, formigante, mesmo agora que se foi.

Capítulo oito

Há um bilhete na mesa quando chego em casa. Queria contar tudo a Mamãe, mas não posso porque ela não está.

Fui à polícia. Não se preocupe. Volto logo. bjbjbj mãe.

Fico algum tempo sentado. Entendo o bilhete. Levei algum tempo para compreender a parte da "polícia", mas Mamãe sempre diz quase a mesma coisa nos seus bilhetes, por isso entendo o que ela diz. "Fui às lojas. Não se preocupe. Volto logo. bj bj bj mãe." Ou "Fui ao cabeleireiro. Não se preocupe. Volto logo. bj bj bj mãe." Não sei por que ela iria à polícia. Talvez tenha se esquecido de dizer alguma coisa aos preto-e-brancos, mas ela diz "Não se preocupe", então isso quer dizer que está tudo bem. Uma vez Mamãe não pôs isso e fiquei um pouco assustado, e Albert, o vizinho, teve de vir ficar comigo para me deixar quieto e tranquilo até ela voltar, então agora ela sempre se lembra de dizer isso. "Não se preocupe."

Faço pra mim um sanduíche de batata chips sabor cebola e o achato bem achatadinho com o rolo de macarrão e vou me sentar no jardim com Timmer. Ainda estou todo borbulhante por dentro. Nem consigo acreditar no dia de hoje. Quero contar a alguém, mas Albert e Gavin e Tina não estão no jardim. Subo a rua e volto, mas Mamãe ainda não voltou.

Timmer e eu acabamos sentados assistindo à TV durante séculos — até escurecer lá fora, o que acontece bem tarde no verão —, então ficamos entediado e vamos dormir.

Atrás da cortina, lá fora no jardim, as sombras no galpão estão ficando mais barulhentas, sibilando. Timmer cheira minha mão para dizer que está tudo bem. Talvez por eu estar preocupado porque Mamãe ainda não voltou. Acha que é isso, meu cachorrinho? Ele me fita com seus olhos castanhos, a cabeça inclinada. Ambos sabemos que não é só isso. É outra coisa também.

Fico deitado esperando. Timmer está no chão. Minha cabeça está toda misturada com o vagabundo e Papai e bezerros novos e Meg. O mundo ficou engraçado e um monte de coisas novas se confundem — coisas muito boas e coisas muito ruins, todas juntas. Normalmente vou para o galpão quando fico confuso assim, mas agora não posso porque há alguma coisa ruim lá. Puxo os joelhos até o queixo para ficar o mais encolhido possível. Não sei. Levanto o rosto para ver se consigo pensar melhor, mas não consigo. Às vezes, odeio minha cicatriz.

Uma chave gira na fechadura. Mamãe chegou finalmente! Ela acende a luz do patamar quando sobe a escada. Espero que entre no meu quarto para dizer boa-noite, mas os pés passam pela minha porta e vão diretamente para o quarto dela.

Sento-me. Ela não costuma agir assim.

Escuto-a falar. Deve estar no telefone do quarto. A voz está falhando. Ela está chorando. Não está bem. Coloco as pernas para fora da cama e esfrego os dedos do pé na cabeça de Timmer. Ele grunhe. Vou até a porta do quarto nas pontas dos pés e a abro. A porta de Mamãe está quase fechada. Consigo ver um pedacinho dela — as costas — enquanto fala ao telefone. A cabeça está toda abaixada e só consigo ver um pouquinho do novo cabelo vermelho.

— Não dá para acreditar. — A voz dela se entrecorta, como se estivesse se desfazendo. — E acabei de descobrir. Os canalhas.

Dou um passo mais para perto. Não parece certo entrar e falar com ela. Acho que ela não quer que eu a veja.

— E como vou contar... Mikey... — As palavras dela estão se desfazendo... indo embora para longe... Ela assoa o nariz.

Tenho de me aproximar mais para escutar quando ela recomeça a falar. Não faço barulho.

— Mas... Eu sempre disse a ele que o pai tinha ido... ido... e assim... — Mamãe para e deixa as palavras voltarem. Está bem imóvel. Eu também. Nem Timmer se mexe na porta do meu quarto, esperando que Mamãe termine.

A voz é mais baixinha do que um sussurro quando ela continua.

— Por que ele fez isso? Por que ele... — Os ombros dela tremem. O que Papai fez? O quê? O quê? O quê?

Mamãe se inclina sobre os joelhos. Vejo as mãos dela tão apertadas no telefone vermelho que os nós dos dedos estão brancos.

— Mas nunca vou conseguir contar a Mikey o que ele fez... nunca... nunca... — Ela solta um soluço como se o mundo estivesse acabando. — Nunca.

De repente, a luz no patamar estala e se apaga. Prendo a respiração. A cabeça de Mamãe gira um pouquinho, mas ela não se levanta. Agora ela é quase uma sombra; o rosto está iluminado pelo abajur da cabeceira, mas não consigo enxergá-lo daqui. Olho para trás. O papel de parede inchado e esquisito tem sombras muito compridas e está preto escada abaixo. Sinto um calafrio.

O que Papai fez? O que ela nunca me contará?

Quero Timmer. Volto para o meu quarto e me sento na cama. Nem preciso lhe pedir que pule porque ele já está lá e posso abraçar o pescoço dele e esconder o rosto. O pelo é áspero e crespo. O mundo está se quebrando em pedacinhos como vidro estilhaçado e não consigo juntar os cacos. Não consigo decifrar o quebra-cabeça. Minha cabeça dói e preciso fechar os olhos. Afundo os dedos no pelo de Timmer com tanta força que ele gane, mas não se afasta.

Sou tão burro que Mamãe não vai me contar o que aconteceu.

Papai fez alguma coisa tão errada que não podemos falar sobre ela.

O vagabundo está morto e não sei por quê.

Mas a Velha Mary teve um bezerro hoje. Eu ajudei. Eu estava lá. Cackler estava lá. Meg estava lá com suas sardas e olhos verdes. Timmer lambe meu rosto. Vamos voltar amanhã para achar Ralph, o caipira. Talvez ele saiba o que aconteceu com o vagabundo.

Eu me levanto primeiro. A porta do quarto de Mamãe está bem fechada. Em geral ela a deixa aberta. Fico do lado de fora e me apoio num dos pés, depois no outro. O piso range. Prossigo com o movimento da mão para bater na porta, mas e se ela estiver dormindo? E se estiver cansada? E se não quiser me ver assim como não quis ontem à noite?

Sento-me no chão. A barriga ronca. Estou com fome. Quero tomar café.

Então tenho a melhor ideia do mundo. Fico tão empolgado que abraço Timmer com tanta força que ele gane. Psssssiu, Timmer! Fique quieto! Vamos lá para baixo. Ajude a preparar a surpresa. Mamãe estava triste ontem à noite, então vou alegrá-la e preparar o café da manhã pra ela!

Faço uma dancinha descendo a escada. Café da manhã para Mamãe! Café da manhã para Mamãe! Café primeiro. Ponho água na chaleira. Aperto o botão vermelho conforme Mamãe me ensinou. Danço mais um pouquinho! Vou fazer os olhos de Mamãe brilharem, Timmer! Vai ser melhor do que com a Velha Mary! Ligo o rádio. Quero música, como fazemos na escola quando cozinhamos. Mamãe não gosta mais de ouvir música, mas acho que ela só esqueceu como é bom. Encontro um jazz, dobro as pernas e saio girando.

Abro o armário. Feijão. Feijão com torrada. Abro a lata. Leva um tempo, mas consigo abri-la sem me cortar. Isso é bom, Mikey. Muito bom. Ponho o feijão na panela e acendo o fogão. Baixo, Mikey — é o que a professora de culinária diz. Fogo baixo.

Pão na torradeira: ping! Leite. Mamãe gosta de leite quente no café. Ponho um pouco numa panela em outra boca do fogão. Veja só isso, Timmer! Duas bocas no fogão! Sou um cozinheiro de verdade. Preciso de um daqueles chapéus brancos grandes! Enfio o dedo no feijão. Não está bem quente. Mexo, mas ainda está frio. A torrada ficará pronta num minuto. Viro o botão para a chama azul ficar bonita e grande. Esfrego as mãos.

O sol está brilhando, e Mamãe vai ficar tão orgulhosa!

Timmer está no jardim me olhando. Largou a bola de tênis na frente dele. Late. Quer brincar. Vou lá fora. Está tão quieto. Ninguém acordou, nem mesmo Albert. A boca de Timmer está aberta, a língua pendurada. Os olhos dele me seguem para todo lado. Pego a bola. Finjo jogá-la no galpão para implicar com ele, mas Timmer não se engana. Late de novo. Jogo a bola com força no jardim. Timmer dispara antes mesmo que a bola saia da minha mão. Ele sabe exatamente onde vai cair. O sol novo brilha em sua pelagem felpuda enquanto ele corre. Ele volta, larga a bola encharcada bem junto dos meus pés. Abaixa junto ao chão, as orelhas para a frente. *De novo, Mikey, de novo.*

Dessa vez jogo a bola na direção da macieira. A grama embaixo ainda está molhada e coberta de teias de aranha que balançam com as gotas d'água. Timmer irrompe por elas e volta. O jardim na verdade é pequeno demais para Timmer.

Quando formos à praia, ele vai poder correr e correr e correr o quanto quiser. Vou levar a raquete de tênis para jogar a bola a quilômetros de distância. Vou jogá-la no mar também para ele se molhar. Ele vai adorar. Nunca foi à praia.

— O QUE ESTÁ ACONTECENDO? — Mamãe está na cozinha e grita.

Corro para dentro. Tem fumaça saindo da panela do feijão e na outra o leite está fervendo e derramando. O cabelo da Mamãe está todo desgrenhado. O rosto dela está branco branco branco com olhos vermelhos. Ela joga a panela de feijão na pia. Apaga o fogo. Desliga o rádio. Senta-se à mesa com a cabeça nas mãos. Treme. Entrelaço òs dedos e transfiro o peso do corpo de um pé a outro.

— Eu estava fazendo o café da manhã como surpresa..

Mamãe ergue os olhos, a boca franzida.

— Ah, mas NÃO ESTAVA mesmo, né, Mikey? Você estava lá na droga do jardim com a droga desse cachorro para me obrigar a limpar toda essa droga de bagunça, igual a todo mundo! Igual a TODO MUNDO! — Ela apoia a cabeça de volta nas mãos. — Quantas vezes já te disse para não usar o fogão se não houver um adulto por perto? Hein?

Esfrego um dos sapatos na panturrilha da outra perna. Muitas vezes. Esqueci. Só estava tentando ajudar. O que dizer para ela se sentir melhor, Timmer? Para deixá-la feliz?

— É hoje que vamos à praia, mãe?

As mãos de Mamãe caem na mesa. Ela me fita, boquiaberta.

— Mas que cara de pau! Não, NÃO vamos à praia. Não vê que estou nervosa? Não sabe o quanto tenho de fazer sozinha? — Sua boca treme. Ela começa a chorar.

Vou até ela, que levanta as mãos.

— Saia, Mikey! Me deixe em paz! Apenas me deixe em paz! E leve esse vira-latas com você!

Ando depressa depressa depressa pelo jardim. Paro quando chego ao galpão. As sombras estão guinchando, mas não ligo. Agora não vamos ficar felizes e sorrir na praia! Veja como Mamãe está nervosa! Chuto a parede do galpão com força com força COM FORÇA e a porta chacoalha.

Corro o mais depressa que posso até o campo de volta à fazenda de Cackler, com Timmer latindo atrás de mim.

Capítulo nove

Ralph está no terreiro, em pé atrás das vacas, quando chego lá. Verifica se todas passam pela porteira e vão para o pasto, e está com os braços bem abertos para impedir que voltem. De vez em quando, bate o pé no chão com força para assustá-las. Desnecessário. As vacas são lentas e gentis, mas sabem o que fazer. Há uma grande vaca mandona que está empurrando para passar primeiro pela porteira; acho que deve ser a chefe das vacas. A Mandachuva.

Acho que Ralph as estava ordenhando no grande estábulo. Dá para sentir o cheiro.

— Vamos, meninas. — Ele se vira e me vê. Dá uma piscadela. — Vamos andaaaaaaaaando.

Não retribuo a piscadela. Não consigo. Riem de mim na escola porque fecho os dois olhos ao mesmo tempo. Não consigo fechar um só. Então, sorrio.

Depois que fecha a porteira atrás das vacas e elas estão em segurança no pasto, ele vem até mim. Está com uma camiseta de manga comprida hoje e não dá para ver a figura da moça nua no seu braço. Está todo suado. Mas o rosto está um pouquinho pálido e enrugado, como se não tivesse dormido direito.

— Você é o rapaz do rio, num é?

Faço que sim. Sorrio de novo. Quero que ele goste de mim.

— Um choque e tanto, né? — Ele esfrega o cabelo com as mãos e depois se encosta na cerca e tira uma lasquinha de madeira. — Desculpe ter chamado a polícia contra você, parceiro. — O homem ergue os olhos para mim e depois os baixa para a cerca. Puxa uma tira de madeira inteira, e a parte branca aparece debaixo.

Agora começo a entrar um pouco em pânico. Lembro-me de sorrir. Não sei o que dizer quando ele fala dos preto-e-brancos, mas Mamãe disse que estava tudo bem, não disse? Ela resolveu tudo, não resolveu?

— É só que foi um choque, sabe, achar o corpo. — Ele enfia a unha na parte branca e macia da madeira. — E você disse que sabia que o corpo do vagabundo tava lá, mas eu num sabia como você sabia.

Ele espera. Não sei o que dizer. Não posso falar com ele sobre o Pra Trás. Ordens de Mamãe. Meu estômago fica todo duro e rodopiante ao mesmo tempo. Não sei o que fazer. Puxo o cabelo da nuca com tanta força que dói. Mikey burro, Mikey burro.

O caipira me olha e se cala, depois diz:

— Mas agora tá tudo resolvido, né?

Faço que sim. Respiro fundo.

— Não sou mau.

— Não, parceiro, é claro que não! — Ele dá um tapinha no meu ombro por cima da cerca e fica um pouco corado, e quando encaro os olhos dele, ele olha depressa para o outro lado. Acho que se sente mal, Timmer. Ei, ouviu o que eu disse, Timmer? Ele se sente mal porque falou de mim com os preto-e-brancos.

Ele não acha que sou mau.

Ele abre a porteira e estende o braço para apertar minha mão.

— Sou Ralph, parceiro.

— Olá. — Aperto a mão dele e depois, sem pensar, faço o que Mamãe detesta: dou um tapinha no braço dele. Um tapinha duplo; um, dois.

Ralph fica com uma cara engraçada quando faço isso. Esfrega as mãos na camisa e me observa com mais atenção.

— Os preto-e-brancos descobriram quem matou o vagabundo? — Enrugo o nariz. Não gosto de falar do vagabundo, mas quero saber.

— Ainda não, parceiro. Ainda tão trabalhando no caso, acho. — Ralph indica Timmer com a cabeça. — Você gosta de bichos, num é?

Empurro Timmer com o joelho para fazê-lo dizer olá, mas ele se senta bruscamente e não se mexe. Cutuco de novo, mas ele olha para o outro lado.

— É.

— Você tá sempre com esse cachorro, gosta de pescar e sabia do socó...

Faço que sim. Eu disse isso a ele.

Ralph sorri para mim.

— Quer entrar e dar uma olhada? Temos vários bichos aqui.

— Sim!

— Então venha, Mikey. Primeiro os porcos.

Isso é demais. Prendo Timmer como da outra vez e vou atrás de Ralph. Olho em volta, procurando por Meg e Cackler, mas não vejo ninguém.

— Tem mais alguém aqui hoje?

— Na feira, parceiro. — Ralph pisca para mim de novo. — Quando o gato sai...

— Ele levou o gato?

— Não, parceiro! — Ralph ri de mim, mas não sei por quê.

Os porcos — são oito — moram no chiqueirinho nos fundos da casa. É preciso dar comida uma vez por dia, e eles são imensos, mas se a gente der comida oito vezes por dia, eles só ficam comendo e comendo.

— Quando ficam muito nervosos, os porcos comem até os próprios bebês — diz Ralph, esfregando a nuca e arqueando as costas.

Isso me deixa sem palavras. Observo-os. São felizes. Não consigo imaginar que façam algo ruim assim. Quando a gente olha nos olhos da porca maior, dá para ver que é inteligente. Parece uma senhora com pelos brancos e grossos saindo da pele. Conhece segredos de todo tipo, dá para saber. Se eu estivesse sozinho com ela, deixaria o Pra Trás dela vir, mas agora não há tempo. Mesmo assim, consigo sentir um pouquinho — é tranquilo e profundo e penetra na terra como raízes.

— Vamos, Mikey. — Ralph me puxa pelo braço e lá vamos nós de novo.

Dizemos olá às vacas enquanto caminhamos pela beira do pasto até o estábulo seguinte, mas não entramos no pasto. O sol está quente quente quente na minha cabeça. A vaca Mandachuva está debaixo de uma árvore, me observando. Procuro Bess e Velha Mary e os bezerros, mas eles estão no outro pasto, e não consigo vê-los daqui. Então entramos no estábulo. É mais fresco ali dentro.

Ah, veja só! Veja só isso! Há uma fileira de cabecinhas aparecendo na lateral do cercado no estábulo. Bezerros. Um, dois, três, quatro, cinco, seis, sete, oito deles. Estão comendo uma palha no chão fora do cercado.

— Quatro meses têm essezinhos aí. — Ralph estende a mão e coça entre os olhos de um deles.

Os bezerros são castanhos e brancos, mas são tão brancos brancos que dá para saber que são novinhos em folha. Focinhos cor-de-rosa. Linguinhas cor-de-rosa. Imito-o e estendo a mão para o bezerro menor. Ele não se mexe. Mas parece apavorado e depois dá um passo para longe de mim.

— Esse aí não tá bem. — Ralph aponta meu bezerro com a cabeça.

— O que ele tem? — Afasto a mão, e o bezerro avança de novo na direção da palha e morde um pedaço.

— Alguma coisa na barriga. Quando num é contagioso, é sempre melhor deixar todos os bezerros juntos. Afaste um bezerro doente dos amigos e ele fica muito nervoso.

Faço que sim. Entendo isso.

— Às vezes eles ficam mais doentes quando a gente separa.

Abaixo-me e olho nos olhos do bezerro doente.

— Ele vai melhorar?

— Ah, vai. Acho que sim.

Quero me sentar em silêncio ao lado do bezerrinho, mas Ralph começa a andar pisando forte ao longo dos cercados. Psiu, Ralph! Os bezerros não gostam — eles se afastam um pouco. Ele bate palmas e os filhotes pulam. Ele ri.

— Que bichos bobocas. Pronto pra próxima, Mikey?

Ele me leva até as galinhas. Elas moram no galinheiro que fica abaixo do pomar, depois do grande cocho e contornando o velho trator. Muitas delas. Penas no chão. Cabeças espichadas para bicar a comida. Elas me ignoram. Mas as penas são reluzentes. Isso significa que são boas e saudáveis.

Quando Ralph me leva de volta à porteira, desejo poder me sentar com os porcos e os bezerros de novo. Ficaria tão quietinho que eles não se importariam com minha presença ali. Poderia até fazer o bezerro se sentir melhor, assim como fiz com a Velha Mary. Quando chegar em casa vou contar a Mamãe que sei o que quero ser quando crescer. Todo mundo me pergunta e eu não sei, mas agora sei. Quero ser fazendeiro, como Cackler. Gosto dele.

Agora estamos de volta ao terreiro e Ralph entra numa casinha junto da casa de Cackler enquanto desamarro Timmer. Há uma geladeira lá e ele traz duas cervejas. Timmer puxa na direção da porteira, mas paro e espero Ralph.

— Quer uma? Tá um calor de rachar. Estou morrendo de sede.

Faço que sim. Ele me entrega a cerveja. Eu! Uma cerveja! Sorrio e tento fingir que faço isso o tempo todo, mas não consigo impedir as pernas de tremerem. Ficamos encostados na cerca, ele e eu. Ralph e eu. Meu parceiro Ralph.

— Acabei de perceber quem você me lembra.

— Quem?

Ele me olha de soslaio. Parece meio sério. Sinto o estômago se apertar. Será que fiz algo errado?

— É. Foi quando você me deu um tapinha no ombro depois que apertou minha mão. — Ele bebe um longo gole de cerveja e olha o alto do morro. — Você é filho de Stu Baxter, num é?

Há um guincho distante na minha cabeça. Estou no meio de um gole de cerveja que vai pro lado errado; tusso, e ela escorre pelo nariz. Como é que ele sabe disso? Como é que sabe de Papai? Olho Ralph, mas ele continua fitando o morro. Limpo o nariz na manga. Não sei o que dizer. Mamãe vai me matar. Eu não deveria... Eu não deveria falar de...

Ralph toma outro gole de cerveja.

— Tudo bem, parceiro. Tudo bem.

Minha cabeça rodopia, mas não quero que rodopie. O que ele sabe sobre Papai? Como é que ele sabe de Papai?

— Foi azar que ele teve, só isso — diz Ralph.

Azar?

— Eu o conhecia um pouco. Sabe, assim, antes.

Ralph se vira e me olha. Minha cabeça começa a doer. Ele está com aquele olhar que não entendo. Minhas mãos começam a escorregar na garrafa de cerveja.

— Tem notícias dele?

Faço que não.

— Não, acho que não... — Ele sorri. — Bom, se tiver notícias, parceiro, diga a ele que Ralph lhe manda um abraço.

Não faço que sim. Não sei o que fazer. Nunca tive notícias de Papai, a não ser no galpão. Mas Ralph é meu parceiro. Meu novo parceiro. Estou confuso. Timmer ainda está me puxando para longe da fazenda e não quer se sentar — quando empurro o traseiro dele para o chão com o joelho, ele ruge como trovão. Ralph tira o rótulo da garrafa de cerveja. O rosto dele se contrai, mas ele sorri quando me olha.

— Gostava de um joguinho, o seu pai. — Ele dá um gole. — Diversão e jogos, parceiro.

Mamãe disse que a diversão de Papai era perigosa e que foi assim que ele acabou na cadeia. Sinto a cicatriz na minha cabeça — está doendo. Vejo o rosto machucado de Papai no galpão. Vejo o cinzel. Cruzo os braços com força.

— Tá tudo bem?

Ralph me olha com aquela cara engraçada outra vez. O mundo está rodopiando, mas quero que Ralph seja meu parceiro.

Faço que sim e bebo mais. Tem o gosto do galpão. As sombras do capim estão acordando.

— Legal. Tal pai, tal filho?

Ele me observa — olha diretamente para mim. Correspondo o olhar por um segundo. Qual é a resposta certa? O que ele quer que eu diga? Não sei, não sei, não sei.

Sorrio.

— Bom rapaz. — Ralph me dá um tapinha no braço. — Bom rapaz! Gostaria de me encontrar mais tarde tomar uma cerveja e conversar?

Ele está sorrindo para mim, Timmer! Quer me encontrar para tomar cerveja. Fiz o que era certo.

— Quero!

— No Cães e Cavalo depois das oito, então?

— Tá!

Quando começo a voltar pelo caminho que se afasta da fazenda, Timmer corre à frente, caçando cheiros. Sai na maior velocidade. Não importa que eu não possa entrar no galpão hoje à noite, porque vou sair com Ralph. E se os outros da escola normalista estiverem lá e me virem? Vejam, estou tomando uma cerveja com meu parceiro Ralph! A minha cabeça canta e canta. Uma cerveja com Ralph. As sombras começam a rir, mas canto ainda mais alto para não ouvi-las.

Capítulo dez

Os meus pés ficam pesados quando me aproximo de casa. Esqueci a briga com Mamãe hoje de manhã. A confusão do café da manhã. O choro. Paro no início do jardim. Torço a borda da camiseta. Não quero entrar.

Albert está no jardim dele, regando as plantas azuis e compridas. O cabelo branco parece uma nuvem no alto da cabeça.

— Como vai, Mikey? Lindo dia, não é?

— É.

Ele está sempre sorrindo quando está no jardim, esse é o Albert. Mesmo quando está chovendo. Olho pela janela da cozinha, mas não vejo Mamãe.

— Como vai sua mãe, Mikey? — Albert me observa enquanto joga água nas flores.

— Nada bem, Albert. Ela ficou muito zangada hoje de manhã porque fiz uma bagunça preparando o café da manhã.

— Ah, céus. Mas tenho certeza de que você estava se esforçando ao máximo.

Ele sorri. Eu, não. Não foi tudo bem. Não foi tudo bem mesmo. Albert esfrega o nariz, depois estende a mão e colhe algumas flores azuis compridas. Uma, duas, três, quatro, cinco.

— Tome. Outro dia sua mãe disse que gostava dessas. — Ele as entrega a mim por cima da cerca. — Flores e mulheres chateadas são uma boa combinação, rapaz. Uma lição útil para a vida inteira.

Sorrio para agradecer. As flores são lindas. Seguro-as perto do rosto e as pétalas acariciam meu queixo. Suaves como asas de borboleta.

Mas, quando entro na cozinha, Mamãe não está lá. Pat está sentada à mesa, esparramada em duas cadeiras. Assim que me vê, a boca se estica num sorriso nada sincero. Tem algo errado.

— Olá! — O rosto dela é cheio de cores. Olhos azuis. Bochechas vermelhas. Lábios cor de rosa. Me deixa tonto. — Sua mãe não estava se sentindo bem, foi passar alguns dias na casa da vovó e vim ficar com você. — Ela espreme as bochechas em outro sorriso forçado.

— O que houve com ela? Sou eu, não é? Fui mau hoje de manhã, não é? — Torço a camiseta de novo.

— Ahhh, Mikey, *é claro* que não é você! Ela só estava com problemas demais. Com a pilha fraca. — Ela ergue os braços, e a pele debaixo deles balança. — Venha aqui, querido!

Ela ofega quando se levanta. Pat não consegue mais me abraçar direito: é baixa demais e a cabeça só chega às minhas axilas, mas cheira a coisas floridas, do jeito que ela sempre cheira, e é molinha, como abraçar uma almofada. Baixo os ombros e descanso o queixo no alto da cabeça dela. Estou com vontade de chorar.

— Não se preocupe. Não se preocupe. — Ela me dá um tapinha nas costas. — Tudo vai melhorar logo. Ei, o que é isso? — Ela se afasta. — Ah! Estamos esmagando essas flores lindas!

— Eram para Mamãe.

— Você *é* um doce, Mikey! Deixe que ajeito isso. — Ela sai toda agitada, põe as flores no peitoril da janela, em um vaso cor-de-rosa pintadinho, e se afasta para olhar. — Tudo vai dar certo. Você vai ver. Sua mãe só precisa de um pouco de tempo, só isso.

Sento-me.

— Ela não está brava comigo?

— Nããããão! — Pat balança a cabeça e sorri para mim, depois volta ao vaso e o ajeita para que a frente das flores olhe para nós. — Agora não parecem um quadro?

Não me importa a droga das flores! Mamãe é que me importa. Minha cabeça começa a doer. O que houve com ela? O quê? Ponho as canecas de café vazias numa linha arrumadinha na mesa.

— É Papai, não é?

Pat fica paralisada.

— Ela voltou para casa ontem à noite e estava chorando ao telefone por causa dele.

Pat se vira — é o sorriso forçado de novo.

— Ah, Mikey, você sabe que ela sempre fica nervosa com seu pai. *Eu* sei! — O sorriso vai até as orelhas. — Vamos mandar uma foto dessas flores para ela ficar alegre! — Ela puxa o celular. — Vamos dizer "Fique boa logo! Amor, Mikey"! Aí amanhã você liga para ela depois que ela tiver uma boa-noite de sono. Tudo bem?

Faço que sim. Mamãe vai gostar.

— Ela volta logo?

— Ah, daqui a um dia ou dois, e tenho certeza de que estará ótima. Mas *nós* podemos nos divertir, não é? Que tal uma pizza e um filme hoje à noite?

Então me lembro.

— Não posso. — Estufo o peito. — Vou sair com um amigo, Pat.

As sobrancelhas dela se arqueiam e o azul acima dos olhos fica maior.

— Quem, Mikey?

— Alguém que conheci na fazenda do Cackler. — Sorrio. — Um *parceiro.*

— Um novo amigo, é? — Pat faz uma forma de ooooo com a boca. — Cackler é um sujeito legal. É bom você se divertir. Mas vou esperar por você, hein? Até voltar para casa a salvo.

Remexo os pés debaixo da mesa. Gosto de Pat, mas não quero que espere por mim. Engulo em seco. Queria que fosse Mamãe.

Chego cedo ao bar. O sol está suave e se pondo atrás dos morros. O céu está vermelho; isso significa que amanhã será outro dia quente. Há algumas pessoas sentadas no jardim do bar, mas não quero que me olhem, então fico de cabeça baixa. Passo com Timmer pelo portão do jardim do bar até a rua seguinte e depois volto. Não sei o que fazer.

— Ei, Mikey!

São Toby e Dave e Jim. Estão sentados numa coisa que é mesa e banco de madeira no jardim do bar. Estão bem na beirinha, longe dos outros. Timmer rosna e se aproxima de mim. Ponho a mão na coleira dele. Ele está de mau humor desde que saímos de casa. Vamos nos comportar muito bem hoje, Timmer. Ralph logo estará aqui.

Ele rosna de novo.

— Quer um gole, Mikey? — grita Dave, e leva as mãos aos olhos para protegê-los do sol poente. — Não seja chato. Venha se sentar conosco.

Jim diz alguma coisa baixinho e depois bufa na caneca de cerveja, o cabelo ruivo e crespo esvoaçando com a brisa. Toby bate na mesa enquanto ri e acena para mim.

— Vem cá, Mikey!

Começo a andar e paro porque todo mundo vai ficar me olhando quando eu passar. Jim dá uma tragada no cigarro, me olha nos olhos e dá um tapinha no lugar ao seu lado.

Está vendo isso, Timmer? Eles querem que eu me sente com eles — até Jim, que é o líder da matilha. Eu com eles! São muito mais velhos do que eu e querem que eu vá até lá. Temos de parecer legais, Timmer. Esse é nosso dia de sorte.

Timmer se senta junto ao portão e não se mexe. Por que está fazendo isso? Pare! Você está me deixando sem graça. Com o joelho, empurro Timmer com força, mas nem assim ele se mexe, então prendo a guia e o arrasto até a mesa. Ele gane. Não me deixe na mão, Timmer, hoje não. Isso é importante.

Sento-me ao lado de Jim. Os olhos dele parecem meio embaçados, como os de Mamãe ficam às vezes. Ele bate palmas e baixa a cabeça como se eu tivesse conseguido que Timmer fizesse um bom truque. Timmer se deita, baixa a cabeça sobre as patas e olha para o outro lado.

— Bom rapaz, bom rapaz. — Dave esfrega as mãos e se levanta; ele nunca fica parado. — Por minha conta, parceiro. Vou lhe pagar uma cerveja. Ninguém verá você aqui conosco. — Ele dá um tapinha no lado do nariz enquanto anda de volta ao bar.

— Então Mikey-Mikey — Toby se inclina à frente —, tem dado mais uma de suas voltas engraçadas recentemente? — Ele batuca os dedos na mesa. As unhas estão roídas até o sabugo e sangram um pouco. Ele ergue os olhos para Jim, que ri e traga o cigarro.

— Não. — Balanço a cabeça.

Agora estou bem há um tempão. Quase sempre. Bem longe, consigo ouvir um sussurro das sombras na minha cabeça, mas está muito longe. Enrijeço meus dedos para me obrigar a ignorar. Jim ri de novo.

— O que está fazendo aqui sozinho neste bar? Não andam vendendo bebidas a meninos, andam? — O rosto de Jim está perto do meu e o hálito dele cheira mal.

Balanço a cabeça.

— Entããããããããããão...? — Ele inclina a cabeça para o lado. — O que veio fazer aqui?

— Encontrar um amigo. — Há um sentimento feliz e borbulhante na minha garganta quando digo isso. Meu parceiro Ralph. Meu parceiro. Toby bufa e esvazia o copo.

— Amigo de verdade ou imaginário, Mikey?

Jim se inclina para perto de mim. Sinto um pouco de pânico porque não sei o que ele quer dizer, mas ele sorri, então deve ser bom. Retribuo o sorriso. Jim joga a cabeça para trás e ri e consigo ver o rosado da boca.

— Ei, bebam, bebam, rapazes.

Dave está de volta. Traz quatro canecas espremidas entre as mãos e as põe na mesa com barulho. Um pouco de cerveja oscila e escorre pelas bordas dos copos. Quatro copos. Todos do mesmo tamanho. Hoje estou bebendo com os homens, Timmer.

Timmer?

Ele ainda me ignora.

— De uma vez só, hein, Mikey-Mikey? — Jim levanta o copo para mim.

— É! — Hoje sou um dos rapazes.

Todos brindam e sinto a luz do sol na minha cabeça e bebo bebo bebo o máximo que consigo. Vejo os outros e são profissionais; quase terminaram. Eles se inclinam para trás e vejo os goles descendo pelo pescoço. Lembram um pouco minha socó, mas o pescoço dela é muito mais bonito. A cerveja escorre pelo meu queixo. A socó me faz querer o silêncio do rio. Não consigo respirar. Bebo um pouco mais, mas sinto que estou me afogando. A cabeça se enche de pretume. Alguma coisa me espeta espeta espeta atrás dos olhos e queima a garganta e sobe e sobe pelo meu pescoço.

Tenho de parar. Baixo o copo. Está apenas meio cheio.

Os outros três copos estão vazios.

Jim me olha e balança a cabeça devagar.

— Tsc, tsc, Mikey. — Dave e Toby se cutucam.

Eu os decepcionei. Deveria ser um deles — um dos rapazes — e os decepcionei.

— Desculpe — sussurro.

Dave ri de novo e dá um tapa na mesa. Jim segura o cigarro acima do meu copo e bate a cinza na minha cerveja. Ela flutua no alto como formigas afogadas.

— Castigo, parceiro. Vamos beber.

Observo-o enquanto bebo. Eles gostam de mim quando bebo. Gritam, riem, e Jim me dá um tapa nas costas. Isso me faz esquecer a sensação áspera da cinza de cigarro no fundo da garganta. Os olhos ardem e a cabeça dói, mas não vou, não vou, não vou parar antes de terminar a cerveja. Estou me divertindo com os rapazes.

Bato o copo vazio na mesa.

Ouço o vento assoviar com força na minha cabeça. Parece que a mesa está se mexendo, mas não importa, porque hoje sou um deles.

Sorrio para Jim. Ele sorri de volta, e sua boca se torce um pouquinho nos cantos. Ele olha Dave e Toby, e depois me olha.

— Quer fazer parte do nosso grupo, Mikey?

Ele enfia a mão no bolso da jaqueta enquanto fala.

Relâmpagos se acendem na minha cabeça e atravessam a sensação confusa. Posso me sentar com eles nos bares, e os outros rapazes da escola normalista me verão, e todos gostarão de mim. Faço que sim com veemência, embora isso faça minha cabeça doer.

— Então precisa passar na prova, parceiro.

Dave e Toby riem baixinho. Jim pegou seu frasco de bebida no bolso. Aguardente. Ele põe dois dedos no fundo do meu copo de cerveja. Olha para mim, sorri e depois derrama todo o conteúdo do cinzeiro no copo. Uma sopa de cigarro. Os olhos de Toby estão cheios d'água e os seus ombros tremem. Dave franze a testa um pouco, contorce o rosto e quase diz alguma coisa, mas para. Todos se inclinam adiante, a língua pendurada como cães ofegantes. Jim empurra o copo em minha direção.

— Vire de uma vez, Mikey — sussurra ele.

Vou pertencer ao grupo deles. Eu, Mikey. Eles gostam de mim.

Ergo o copo. Tem um cheiro horrível. Cheira como as manhãs depois de uma grande discussão em casa. Os olhos vermelhos e inchados de Mamãe. Portas que batem. Batata frita fria no café da manhã. Lá longe, ouço Papai cantar no chuveiro. Alguma coisa está presa em minha garganta e faz meus olhos arderem. Não sei se é uma sensação boa.

— De uma vez só — canta Jim, suavemente, batucando na mesa de madeira —, de uma vez só, de uma vez só...

Eles se inclinam mais para perto. Inspiro fundo e levanto o copo outra vez. A lama de aguardente desliza em direção à minha boca. Os olhos lacrimejam e quero engasgar. Timmer rosna para Jim e mostra os dentes.

— De uma vez só, de uma vez só...

Sinto algo se rasgar na minha cabeça. Não sei se gosto disso.

— Já chega, rapazes!

Uma voz alta atravessa o cheiro da aguardente e ergo os olhos.

É Ralph.

O meu parceiro Ralph.

Ele veio me salvar. Mamãe foi embora, mas Ralph está aqui.

Jim e Dave e Toby recuam. Dave se levanta e tenta apertar a mão de Ralph, mas este o ignora e arranca o copo da minha mão.

— Era só brincadeirinha, parceiro... — diz Dave, mas Ralph ergue a mão e ele se cala.

Ralph levanta meu copo e o balança, uma lama turva, depois o vira de cabeça para baixo: a aguardente afunda na grama e a cinza de cigarro faz um montinho escuro. Jim tosse e puxa outro cigarro do bolso. Ralph fita os outros e balança a cabeça. Todos olhamos a cinza de cigarro. Queriam que eu bebesse aquilo para entrar no grupo, mas Ralph os impediu. Ele me salvou. Sorrio para Ralph e cambaleio; vejo dois dele, talvez três. Ralph põe a mão no meu cotovelo para me levantar do banco e balança a cabeça de novo para os rapazes.

— Vamos, Mikey.

Eu me levanto, e o mundo gira. Cadê Timmer? Viro-me para procurá-lo. Dave me olha, me observa... Acho que está quase com pena. Timmer está ao meu lado. Olha Ralph e depois os garotos; as orelhas estão grudadas para trás na cabeça. Seguro a guia com força.

Ralph escolhe uma mesa longe de todo mundo, no outro canto, perto dos brinquedos do parquinho. Enquanto o sigo pela grama, as sombras começam a sussurrar. Minhas pernas estão bambas, e há um sopro engraçado na minha cabeça que me deixa tonto. Ralph vai até o balcão. Olho em volta — já estive no jardim deste bar? Timmer gane e arranha o chão perto dos meus pés.

Ralph volta e me empurra uma caneca de Coca-Cola por cima da mesa.

— Você precisa ficar um pouco mais sóbrio, Mikey.

O gás da Coca faz cócegas na minha garganta.

De soslaio, vejo o Pequeno Mikey, braços abertos, correndo pelo jardim do bar como um avião. Zigue-zague. Em torno das mesas e acima das nuvens.

Olho para Ralph a fim de ver se ele também enxerga o Pequeno Mikey, mas Ralph está embaçado. Ele está me observando, e sorri porque é meu parceiro, mas não consigo vê-lo direito. **Não consigo ver nada direito agora porque Papai está aqui. Sentado ao lado de Ralph.**

Papai.

Meu Papai do Pra Trás.

Ele observa o Pequeno Mikey. Observa seu menino especial. Tudo está derretendo. Papai sorri.

Ralph me salvou. Recosto o corpo no banco e tiro os pés do chão, e agora estou equilibrado no bumbum. Estou flutuando. Estou chorando.

Papai pega o copo, dá um gole e depois limpa a boca nas costas da mão.

— Somos parceiros, não somos, Ralph? — Minha voz está muito longe.

O Pequeno Mikey passa correndo por mim, os cachos de cabelo louro voando. Papai o segue com os olhos por todo o jardim. Fico tonto com tudo isso.

Ralph sorri.

— Claro, Mikey. — Ele equilibra a bolacha de chope, metade na mesa, metade fora, a faz voar com um peteleco, rápido como uma cobra, e em seguida a captura com a mesma mão.

Abro os braços. Ainda estou flutuando. **Quero que Papai me olhe, mas ele só consegue ver o Pequeno Mikey.** Ralph faz a bolacha de chope voar de novo. Inclino-me mais para trás.

— Na verdade, já que somos parceiros, posso pedir uma coisa? — Ralph ergue os olhos para mim.

— É claro! — Ouviu isso, Timmer? Ralph disse "já que somos parceiros"!

— Preciso de ajuda de vez em quando. — Ele sorri para mim. — E logo posso ter um serviço no qual você poderia me ajudar. Que tal, tudo bem?

Ele pode ter um serviço para mim? Para MIM?!!!

Papai sorri para o Pequeno Mikey.

Ralph ergue as sobrancelhas.

— O que acha? Gostaria de fazer isso para seu velho parceiro Ralph?

— Claro!

Ralph ri, um gorgolejo na garganta. Timmer rosna debaixo da mesa. Esqueci que ele estava lá. Meu parceiro Ralph me salvou dos rapazes e agora vamos fazer coisas juntos. Eu posso até ajudar! Levanto mais os pés do chão. Poderia flutuar pelo céu da noite para muito longe.

Do outro lado da mesa, o Pequeno Mikey passa correndo por Papai. Tropeça e cai em câmera lenta.

Vacilo ao observá-lo.

— Cuidado, Mikey. — Ralph olha por cima da cerveja. Ergo os braços retos para me equilibrar e quase caio. Os olhos dele brilham.

Papai está atento ao Pequeno Mikey. Num minuto estava sentado, bebendo cerveja, só olhando. E agora está lá pegando o Pequeno Mikey a salvo nos braços.

Minha cabeça rodopia e os olhos ardem. Sorrio para Ralph. Ele brinda com o copo. Faço que sim, e o mundo se inclina... se inclina... se inclina...

Meu pescoço estala quando a cabeça bate no chão. As pernas estão presas debaixo da mesa-banco. O mundo está girando.

Ralph se inclina por sobre a mesa, mas só consigo ver sua silhueta. Ele faz tsc, tsc para mim.

— Hora de levar você pra casa, parceiro.

Faquinhas furam minha cabeça. Não consigo ficar em pé porque estou tremendo, mas então Timmer aparece — a língua macia e quente na minha bochecha. Ralph balança a cabeça.

— Vamos, seu tonto. — Ele sai andando do jardim do bar e se vira para ver se estou seguindo.

Timmer fica bem ao meu lado. O mundo ainda gira e cambaleia. Viro-me devagar antes de sair. Forço a visão, embora meus olhos estejam embaçados, mas não consigo vê-los mais.

Papai e Pequeno Mikey sumiram.

Capítulo onze

Ralph olha pela janela do carro para ver se entro em casa direitinho. Faz o motor roncar quando abro a porta da frente. Os pneus cantam quando ele sobe a rua.

— Ei, sua mãe agradeceu as flores! — grita Pat do quarto de Mamãe quando entro.

A casa fica errada sem Mamãe. Pat andou fazendo faxina, e meu quarto está arrumado demais. Ela deixa tudo com um cheiro doce demais. Os cheiros se enroscam no meu nariz quando me deito e me deixam enjoado. O edredom me faz suar, mas não tenho lençol e preciso me aconchegar. A cabeça dói. Tudo está se mexendo. Nada fica parado. Faço Timmer ficar junto de mim, embora esteja um calorão.

Minha cicatriz dói durante a noite toda. O vagabundo ri nos meus sonhos. Papai dá voltas e voltas no galpão, esperando por mim. Minha cabeça é só barbante emaranhado quando o sol nasce.

Desço, me sirvo de um copo de leite e me sento à mesa da cozinha. É cedo, dá para saber pela luz. Está novinha em folha para um novo dia. Os olhos doem, e tenho de franzi-los quando olho pela janela. Há um vento na macieira, e as folhas estão sussurrando. O galpão está escuro. Acho que vejo a porta se mexer, mas depois fica parada. As sombras começam a sussurrar. Fiquem quietas! Fiquem quietas, senão Mamãe vai me levar ao médico, ou talvez nem volte para casa.

Timmer se enrola no seu almofadão. Puxo a cadeira para ficar perto dele. Há um tambor na minha cabeça. Foi toda aquela bebida ontem à noite. Ralph me salvou. E o Papai do Pra Trás salvou o Pequeno Mikey. A cozinha gira em torno de mim. Papai é bonzinho ou mau?

Resmungo porque não consigo concluir. A cozinha é pequena demais. Está tudo errado. Ninguém está no lugar certo. Não vou ficar aqui.

Desenho um bilhete para Pat mostrando que saí com Timmer e vou para o jardim. Cerro os punhos e depois começo a correr, correr, correr, correr, correr.

Cadê Papai? O que ele fez? O que aconteceu?

Timmer me ultrapassa quando atravessamos o mato, passamos pela vala e entramos no pasto. Mais depressa, Timmer, mais depressa. Há um vento sombrio na minha cabeça, e está guinchando, mas vou correr mais depressa do que ele, sem parar. Abro os braços como o Pequeno Mikey ontem à noite — sou um avião, e se eu cair Papai me segura. Continuo correndo morro acima, passo pelo rio, ao longo do bosque, subo o caminho e volto diretamente à fazenda de Cackler.

Dobro o corpo por cima da porteira. As costas da camiseta estão molhadas. Há trilhas brilhantes de lesmas no cascalho. Minhas entranhas ardem, e as pernas doem, mas é bom. Sorrio quando me levanto — e dou de cara com Meg. Ela está em pé ao meu lado.

— Olá, forasteiro. — Hoje ela usa uma camiseta rosa-shocking e o cabelo não está preso.

É bem comprido e cacheado, descendo pelas costas e moldando o rosto.

— Meg! — Fico todo borbulhante e com vontade de voltar a correr, mas fico parado.

— Você levantou cedo.

Timmer balança o rabo e vai até ela.

— E veja só seu estado! — Timmer está coberto de carrapicho; deve ter passado por alguma moita no caminho até aqui. Meg começa a arrancar os carrapichos, e ele rola para que ela lhe esfregue a barriga.

— Minha cabeça estava doendo quando acordei, então saí.

Meg franze a testa. Timmer fica ali parado, esperando que ela volte a fazer carinho.

— Você está bem, Mikey?

— Eu não devia beber. — Esfrego as mãos na camiseta porque estão ficando completamente suadas. — Saí com os rapazes ontem à noite... e Ralph... e tomei uma cerveja. — Sinto meu peito inflar quando digo isso.

Meg baixa os olhos.

— Entendi.

Ela puxa um pedaço longo de erva grudenta da pata de Timmer. Ele está ofegante — deve estar com calor. Ela se levanta um minuto, mordendo o lábio, depois pega uma vasilha na casinha, enche de água da torneira de fora e a põe no chão para Timmer. Ele bebe e bebe e bebe.

— Então você ficou amigo de Ralph?

— Fiquei! — Sorrio para ela, mas Meg não me olha nos olhos. — Achamos o vagabundo juntos, ele e eu...

Meg franze o nariz.

— Sinto muito... deve ter sido horrível.

Faço que sim e engulo em seco. Ela continua:

— Mas eu não teria conhecido você se você não tivesse vindo aqui, e você não teria visto o bezerro da Velha Mary nascer se você não tivesse... se... — Meg sorri de repente. — Entre e veja como ele está.

— Quem?

— O bezerro.

Meg joga um pouco de carrapicho em mim. Eles grudam no meu cabelo. Ela sai correndo pelo pasto acima enquanto o tiro. Grito e corro atrás dela.

Adoro a Velha Mary. Dá para ver que é uma boa mãe. O bezerro está junto dela e a Velha Mary não tem medo de irritar as outras vacas pastando o melhor capim perto da cerca: ela cuida dele, e é isso que importa. A Velha Mary me olha quando nos aproximamos. Ela se lembra de mim, sei que se lembra. Seus olhos castanhos são tão velhos que ela se lembra de tudo. Mas ela se aproxima do bezerrinho. *Não mexam com meu bebê*, é o que diz.

Não vou mexer, Velha Mary. Não vou. Sento-me a certa distância dela e cruzo as pernas. Está vendo? Agora sou menor do que você. Não posso machucar você nem seu bebê. A Velha Mary me observa por um minuto e depois volta a pastar. Deixa o bezerro dar a volta para ficar no mesmo lado dela que eu. É o jeito dela de me dizer que confia em mim. Deito-me, e o sol brilha bem quente no meu rosto. Consigo ver a luz até quando fecho os olhos.

Meg se senta ao meu lado. Não me mexo. Fico quietinho. É o que a gente faz para as coisas confiarem na gente.

Não dizemos nada, mas é um silêncio bom. O silêncio de quando Timmer e eu ficamos sentados no galpão. Ou o silêncio de quando Mamãe e eu assistimos à TV.

De repente, a Velha Mary solta um pum. Meg dá um pulo de surpresa. Começa a rir. A Velha Mary me olha, muito arrogante, e se vira.

— Aaaah, que cheiro de cocô! — diz Meg, toda boba.

Explodo em gargalhadas também. O bezerro se afasta de mim. A Velha Mary me olha, ainda arrogante, e vai atrás dele. Então solta outro pum — dos grandes!

Meg rola de costas, a cabeça para trás, resfolegando de tanto rir. As laterais do meu corpo doem. Os cachos de Meg balançam e ela está toda cintilante. Apoio o corpo nos cotovelos e a olho. Toda a luz do sol canta.

— O que vocês estão aprontando? — É Cackler.

Sento-me depressa, e Meg também. Dou uma olhada de soslaio — ela ainda está rindo. Fico em pé. Cackler vem pisando com força pelo pasto, vindo em nossa direção. Ele está com o seu chapéu molengo e engraçado e usa uma bengala, mesmo que não precise.

— Só dando uma olhada no bezerro da Velha Mary, vovô. — Meg corre e o abraça. — E a Velha Mary está cheia de gases...

Ele lhe dá um tapinha na cabeça e me olha.

— Ela quer dizer cheia de pum — digo para que ele não se confunda.

— As vacas *são* criaturas cheias de gases. — Cackler dá uma risadinha. — Veja só, meu jovem Mikey, a Velha Mary é uma excelente mãe. Não é nela que precisamos ficar de olho. Bess está fazendo uma baita confusão, como sempre.

Como se ela tivesse escutado, ouvimos seu mugido mais abaixo no pasto. Bess anda de um lado para o outro, os olhos arregalados, chamando sua bezerra. Olho o pasto. Onde está sua pequenina, Bess? Onde ela está? Bess chama de novo. As vacas próximas começam a se afastar: não gostam de ouvir Bess tão nervosa. Detesto ouvir também. Enrugo o rosto e olho bastante, mas também não consigo ver o bebê.

Cackler me observa com muita atenção.

— Meg, sua mãe acabou de ligar e quer que você ligue de volta...

Meg revira os olhos e corre de volta para a fazenda. Cackler põe a mão no meu ombro enquanto caminhamos até Bess.

— Você ajudou a Velha Mary, lembra, quando ela estava dando cria?

Faço que sim. Eu me lembro. Vi o Pra Trás dela e a ajudei a se acalmar.

— Acha que consegue também ajudar nossa Bess aqui?

— O quê? Ajudar a achar a bezerrinha?

Cackler faz que sim.

— Se quiser.

Fito os olhos brancos e arregalados de Bess.

— Vou tentar. — Nunca usei o Pra Trás assim... para achar respostas. Quase descobri o que aconteceu com o vagabundo no rio, só que eu não quis olhar... Mas esta é uma coisa boa; pode ajudar Bess e o filhote, assim como o Pra Trás suave ajudou a Velha Mary. Meu coração começa a acelerar.

O que faço? O que faço? Cerro os punhos.

— Com calma dá certo, Mikey. Acho que você sabe fazer isso naturalmente. — A voz de Cackler é tranquila. — Não precisa se preocupar, rapaz.

Acaricio meu braço e me sinto melhor. Isso é importante. Não quero decepcionar Cackler nem Bess. O lugar tem de me contar o segredo; ele tem de me mostrar o Pra Trás. Viro-me devagar. Para onde devo olhar? Este pasto é enorme.

Dou alguns passos morro acima. O sol quente bate no meu rosto. Não, não está certo; aqui está normal. Paro. Um vento fresco atrás de mim balança meu cabelo. Viro-me.

Bess não para de andar de um lado para o outro na base do pasto, junto à cerca. Aposto que é onde viu a bezerra pela última vez. Caminho até mais perto. O pasto espera calado por mim. O sol está quente nas minhas costas, mas quando me aproximo dos limites do pasto o frio atinge meu nariz. Os pelos dos braços se arrepiam.

O mundo começa a rodopiar. Está vindo.

A bezerra de Bess está em pé no capim gelado junto da cerca.

Ergo a mão contra o frio. Por que há gelo de novo?

Ela está sozinha. Dá alguns passos para cá, se vira e dá alguns passos para lá. Grita mas não consegue ver as outras vacas, logo do outro lado do pasto. Há um buraco

na cerca. Ela tropeça, se vira, passa por ele com as patas finas e trêmulas.

Eu me agacho e atravesso para segui-la, para ver aonde foi. Sou um detetive do Pra Trás.

A bezerra olha em volta, não sabe aonde ir. A filhinha de Bess está no pasto errado. Foi assim que se perdeu.

Estendo a mão, que passa diretamente por ela. Não dá para tocar as coisas do Pra Trás, mas vivo me esquecendo.

Ela grita de novo, os olhos arregalados.

Ajoelho-me e espero. O céu fica mais escuro. Escuto Cackler no Agora, do outro lado da cerca. Ele me observa, o chapéu molengo aparecendo acima da cerca, mas não me segue. Minhas mãos tremem.

A bezerra do Pra Trás avança. Está indo pelo caminho errado e cruza o pasto em direção ao bosque. Pegadinhas prateadas e geladas.

Caminho em silêncio ao lado dela. Sigo-a enquanto ela cambaleia para as árvores.

Ela está quase lá agora. Vai mais devagar, acho que está se cansando. Tem de erguer as patas bem alto para passar pelos ramos e arbustos. Chora por Bess de novo. Não adianta, bezerra, dê meia-volta... você está indo para o lado errado! Mas ela continua seguindo para as árvores, procurando a mãe.

Há muito mais gelo no bosque.

Estremeço. Agora quero voltar.

Os galhos cobrem o céu. Não escuto nenhum passarinho. Isso não está certo. **A bezerra de Bess está bem à frente. Ela escorrega no musgo ao escolher o caminho por uma**

margem. Arranha o chão com as patas, mas não tem força suficiente.

Tento segurá-la, mas não posso.

Vejo o branco assustado dos seus olhos quando ela cai. Patas, cascos, preto e branco e rosa caindo até o fundo...

Corro atrás dela. Meus tênis escorregam no chão e quase caio. Agarro um galho, mas os espinhos rasgam a pele do meu braço ao passar. Caio, caio, caio... numa grande vala no chão... rolando e rolando...

O restante da floresta está acima de mim. É um buraco gigantesco. Há alguns rochedos grandes ali embaixo, bem perto do meio. Há hera pendurada na encosta do outro lado. Ainda não consigo ouvir nada. Nenhum passarinho. Nenhuma folha farfalhando. Nada.

Não gosto nem um pouquinho disso.

Não vou ficar aqui. Vou voltar para buscar Cackler e Timmer. Procuro depressa a bezerra de Bess antes de começar a escalar a encosta.

O que é aquilo? Tem alguma coisa no chão logo atrás do rochedo menor. Chego mais perto.

É um casco.

Vou devagar, passo a passo. *Ali* está ela! A bezerra machucou a pata. Os olhos estão fechados e ela está encolhidinha no chão, encostada na pedra. O corpo sobe e desce, sobe e desce. Ponho a mão sob o focinho: o ar entra e sai. Toco-a. Está quente! É de verdade. Eu a encontrei! Aqui está ela no Agora!

Ela não se mexe quando tento acordá-la. As pálpebras só tremem um pouco. Tento levantá-la, mas é pesada demais. Fico em pé com as mãos na base das costas e olho a margem íngreme lá em cima. Preciso de Cackler para me ajudar a pegá-la.

Um vento frio sopra no meu rosto.

Chego mais perto da bezerra. Alguma coisa está acontecendo. O mundo começa a rodopiar de novo.

Escuto gritos na floresta lá em cima. O céu está mais escuro, quase noite.

Curvo-me. Quero me esconder.

Algo passa com estrondo pelos arbustos acima de mim, perto de onde a bezerra escorregou no musgo. É um homem. Todo de preto.

As sombras atrás de mim começam a sussurrar. Agacho-me ainda mais. Estou imóvel.

Ele para. Está escutando. Há pessoas atrás dele na floresta berrando alguma coisa, mas não consigo ouvir.

Ponho a mão na barriga da bezerra e sinto a respiração entrar e sair, entrar e sair.

O homem começa a escorregar pela margem. O gelo faísca no chão. Ele está vindo para cá. Vindo na minha direção.

Isso não é bom, isso não é bom. Quero Timmer. Não tenho para onde correr.

O sol brilha como o luar. O homem olha para cima, para as estrelas, e vejo o rosto vejo o rosto vejo o rosto vejo o rosto.

Enterro as unhas da mão esquerda no braço direito até sangrar.

Papai está aqui. Veio atrás de mim. Vai me pegar porque fugi dele no galpão.

Psssssiu, pssssiu, Mikey. Pssssssssiu.

Balanço-me nos calcanhares para me sentir melhor. Para a frente e para trás.

O rosto de Papai está assustado. Tem manchas pretas nele. Cheiro de fogueira. A cicatriz na bochecha está cheia de sombras. Ele está sendo engolido pela escuridão.

Chego mais perto da bezerra. Ele ainda não me viu.

— Bill! — sussurra Papai, virando-se várias vezes.

Escondo o rosto. Ouço Papai andar na minha direção. Espio entre os dedos.

— Bill, cadê você? — As botas dele são duras e assustadoras.

Ele vai me ver a qualquer momento. Queria que a bezerra acordasse.

Papai está perto do meu rochedo. Dá meia-volta. Consigo ver como está apavorado, mesmo quando olha para o outro lado.

— Bill, temos de cair fora. Cadê você?

Papai está de frente para mim. As botas chegam mais perto...

Fecho os olhos e seguro a cabeça, e balanço e balanço e balanço nos calcanhares.

...E então ele está atrás de mim.

— Bill? — Agora ele está assustado e zangado.

Por que não falou comigo? Ele não me viu?

Papai se vira e anda de volta na minha direção. Parece apavorado, contornando o buraco todo. Os olhos dele passam direto por mim.

Há um berro na floresta. Papai o ouve. Corre diretamente através de mim e fica olhando para o alto da margem coberta de musgo.

Uma voz alta berra para nós:

— Polícia! Você está cercado!

Papai dá meia-volta. Os olhos parecem enlouquecidos como os olhos brancos e faiscantes da bezerra caída.

— Bill — sussurra, e parece que vai chorar —, cadê você, parceiro?

Há um monte de homens em pé no alto do buraco. Talvez uns seis. Os preto-e-brancos. De onde vieram todos? O homem berra de novo, de pé no alto da margem coberta de musgo:

— Não adianta tentar fugir. Mãos para o alto.

Papai se sacode e corre alguns passos. O som do clique de um revólver vem da direção do homem acima dele.

— Parado!

Papai para.

— Agora se acalme e ninguém vai se machucar. Levante as mãos.

Papai afrouxa o corpo. Ergue os braços, mas o esforço parece imenso. Um dos homens desliza pela margem até ele, puxa seus braços atrás das costas e ouço outro clique. Algemas.

— Vamos, filho. De volta pelo caminho por onde veio. — A voz desse homem é grave e um pouco amistosa.

Vejo o rosto de Papai antes de o levarem margem acima e para longe, pelo bosque. Seus olhos estão fran-

zidos, semicerrados, e ele balança a cabeça como se não conseguisse acreditar. Parece alquebrado.

Avanço a distância. Ninguém parece me notar.

Papai é puxado margem acima. Ruído de passos. Ramos que se quebram. Os homens desaparecem de volta na escuridão da floresta.

Estremeço; há mais alguém aqui.

Olho para cima.

Há alguém — outro homem — escondido atrás de uma árvore lá em cima. Não consigo vê-lo direito no escuro. Também estava observando tudo. Ele espera até o ruído da polícia e de Papai sumir, depois sai andando em silêncio e vai embora.

Minha cabeça gira.

Sento-me.

Uma brisa quente agita meu cabelo. Agita as folhas das árvores também — elas estão suspirando de volta à vida —, e os galhos balançam lá em cima contra o céu azul azul. Um melro chilreia e pousa num dos rochedos. Para sob um pedacinho de luz do sol.

É hora de buscar ajuda para a bezerra de Bess. O Pra Trás se foi.

Capítulo doze

— Achei! Ela está no bosque! — Aceno para Cackler. Ele está no pasto das vacas remendando o buraco da cerca com arame. Baixa as ferramentas e anda em minha direção. O sol está alto no céu e deixa meus braços vermelhos. Estou ficando com sede também.

— Sabia que você conseguiria — diz, baixinho quando me alcança. Ele tira o chapéu molengo e passa a manga da camisa na cabeça calva para secar o suor. — Agora me mostre aonde essa danadinha foi, e vou trazer ela para casa.

Cackler me segue no bosque, de volta até a vala no chão. Aponto para o rochedo.

— Ela está lá. Viu?

— Ah, sim! Nem dá para acreditar! — Cackler ergue a bezerra e a põe sobre os ombros. Ele é forte; sobe por aquela margem com ela como se estivesse apenas subindo a escada para ir dormir. Nem vacila. É seguro agora que ele está ali no bosque. Tudo é seguro perto de Cackler. A bezerra também sabe disso e acorda.

— Vou levá-la ao veterinário para dar uma olhada, mas acho que ela vai ficar bem. — Ele me olha nos olhos e sorri. — Graças a você, Mikey.

Fico todo formigante.

— Bem, graças a você e ao seu dom especial, quero dizer.

Paro.

— Como assim?

Cackler toma cuidado ao erguer o pé acima de alguns espinheiros. Equilibra-se para não precisar se segurar em nada. Depois levanta a outra perna. Passa sem problemas e espera por mim. Os braços do espinheiro me pegam e puxam minha perna com força. Minha calça se rasga.

— Com calma dá certo, rapaz. Com calma dá certo. — Cackler me olha e sorri. — Estou dizendo que você sabe coisas sobre os bichos para ajudá-los, não é? — Seu rosto moreno se enruga num sorriso. — Isso é um dom, Mikey. Um dom.

— O senhor acha?

— E você não? — Não sei. O Pra Trás nem sempre é feliz.

— Ei. — Cackler põe a mão no meu braço e para de andar. — Você ajudou o bezerro de Bess. Ajudou a Velha Mary. Isso é bom, Mikey. Isso é bom.

— Mas às vezes vejo outras coisas também. Coisas ruins.

Vi o Papai do Pra Trás aqui. Alguém trouxe os preto-e-brancos para pegá-lo. Seu parceiro deveria se encontrar com ele ali e nunca chegou. Não posso dizer nada a Cackler por causa da Regra de Ouro, e não posso mencionar o Pra Trás porque as pessoas não vão gostar de mim, e não sei o que dizer a Cackler agora, mas FOI tudo bem com as vaquinhas, não foi? Foi, não foi?

— Foi bom o que aconteceu hoje. — Cackler me observa até eu parar de me balançar de um lado para o outro e olhá-lo de volta. Os olhos dele são velhos velhos velhos e sabem das coisas. — Mesmo que o que você sabe fazer seja diferente, não importa. — Os olhos dele sorriem. — Não importa, Mikey. Está tudo bem.

Meu lábio vai ficando todo mole, mas retribuo o sorriso. Cackler acena com a cabeça para a bezerra em seus ombros.

— Bess vai lhe agradecer também. Ela é uma mãe esquisita que deixa sua filhotinha perambular por aí sem saber onde ela está.

Entramos no pasto. Faz sol de novo. Gosto disso agora que estou longe de todo aquele gelo e do bosque e das coisas de Papai.

— É melhor com bichos.

— O que disse, jovem Mikey? — Cackler ergue as sobrancelhas.

— Essa coisa do meu dom. É melhor com bichos, não com pessoas.

— Talvez. — Cackler dá de ombros. — Também sou um homem dos bichos como você, Mikey, mas não se limite. Deixe as coisas seguirem seu curso.

Bess aguarda do outro lado da cerca. Faz uns barulhos como se bufasse quando nos aproximamos. A bezerra começa a se remexer nos ombros de Cackler. Dou uns pulinhos. Quero rir. Ninguém jamais acreditou no Pra Trás.

Cackler põe a bezerra no chão. Ela só precisa andar um pouquinho para chegar no pasto, e deve ser capaz de conseguir sozinha. As pernas estão trêmulas, mas ela está bem.

Bess se inclina sobre ela para que chegue mais perto, para que não fique nervosa.

— Mas e se eu achar outras coisas, coisas de que não gosto?

Bess começa a lamber a bezerra.

— Você estava procurando a bezerra de Bess e a encontrou. — Cackler ajeita o chapéu para proteger os olhos do sol. — Será que talvez também não estivesse procurando essas outras coisas quando as encontrou?

Meu coração bate com força. Nunca encarei o Pra Trás de Papai desse jeito. Eu *estava* procurando Papai? Meu coração dói. Não sei. Tenho muito medo dele, mas também sinto saudades. Não gosto dessa pergunta.

Cackler acaricia o queixo e me observa com atenção.

— Às vezes as coisas parecem ruins, mas na verdade ajudam a gente a melhorar. — Ele tira o cachimbo do bolso e o bate num toco de árvore para esvaziá-lo. Ergue os olhos e sorri para mim. — A natureza sempre cura, Mikey. Sempre. Basta deixar que venha.

Sinto as palavras de Cackler bem na minha barriga. Expiro com intensidade.

Cackler faz que sim, como se me ouvisse pensar. Tateia os bolsos do casaco até encontrar a bolsa de fumo, e a pega.

— Sempre me sinto melhor quando me lembro disso.

Um cachorro uiva a alguns pastos dali. Timmer. Reconheceria a voz dele em qualquer lugar. Ficou sozinho e amarrado a manhã inteira. Ele detesta isso.

— Tenho de ir, Cackler! Tenho de voltar para casa agora que a bezerra está bem de novo!

Cackler balança a cabeça, cachimbo na boca, e acena para mim enquanto corro pasto abaixo.

— Ora, então vá, eu nem me importo!

Consigo ouvir sorrisos na voz dele enquanto ela me segue morro abaixo.

Capítulo treze

Timmer fica maluco agora que está solto. Adoro vê-lo a todo vapor pelo campo, as orelhas para a frente, como se pudesse correr para sempre.

Ponho um pedaço de capim entre os polegares e sopro para fazer um barulhão. Timmer late e dispara em minha direção. Faço de novo. Ele late, para e corre para as árvores. Vejo um vislumbre de branco. Rabo de coelho. Ele está caçando um coelho, mas nunca o pegará. A vantagem é muito grande.

Fico me sentindo engraçado quando olho as árvores. Criaram uma armadilha para Papai naquele bosque, para os preto-e-brancos o pegarem. Eu não sabia disso. Alguém foi mau com Papai. Sinto um calafrio. Gosto do que Cackler disse sobre o Pra Trás. Meu dom?

Dou meia-volta quando chego ao mato-antes-do-pasto e olho a fazenda dele lá atrás. Mal consigo vê-la agora, a não ser por um pedacinho de telhado vermelho atrás das árvores. As vacas são pontos brancos no pasto verde acima da casa. Dois daqueles pontos são Bess e a bebê, juntas outra vez. Minha barriga se aquece quando penso nisso. Ajudei. O Pra Trás ajudou. Fiz o bem hoje.

Gostaria que Mamãe e eu estivéssemos juntos assim de novo. Gostaria de fazê-la melhorar e querer voltar para casa.

Timmer remexe em um buraco perto dos trilhos. Abaixo-me para olhar. Toca de coelho. Há montes deles por aqui. Ele late, olha para cima, a orelha preta caída, depois começa a cavar. Terra voando para todo lado. Timmer olha para cima outra vez. Está com lama no focinho todo, seu cachorro imundo! Ele balança o rabo e continua cavando.

Não vou ficar aqui esperando e me cobrir de terra, Timmer-meu-cachorro!

Pego uma garrafa plástica vazia e a passo com força na cerca dos fundos de alguns jardins. Faz um barulho legal de tambor. Passo de novo. Se a gente olhar de cima, a cerca parece uma grade. Cadeia. Barulho de tranca se fechando. Largo a garrafa depressa. Viro-me devagar e olho o mato e os pastos. Você está por aí, Papai? Está?

Volto ao meu jardim e me sento. Aliso a grama — Mamãe também alisa coisas, toalhas de mesa e tal; também o faz quando está pensando, em geral depois de olhar as fotografias. Fecho as mãos na terra embaixo. Está fria. Algumas formigas rastejam sobre meu polegar.

Mamãe olha as fotos porque tem saudades de Papai. Ele fez alguma coisa errada — eu a ouvi dizer ao telefone. As sombras nos arbustos começam a sussurrar. *Mamãe* diz que ele ainda está na cadeia, mas o vi no galpão. Cackler acredita em mim, que o Pra Trás é real.

E se... Inspiro fundo. E se eu tentar descobrir com certeza? Usar o Pra Trás, usar meu dom, para descobrir se ele ainda está na cadeia. Timmer anda pelo jardim, balançando o rabo. A cara está coberta de terra. Você vai me ajudar, não vai? Você vai cuidar para eu ficar legal?

NÃO vou fazer o Pra Trás da cadeia — foi quando começou toda essa coisa de Pra Trás e é um Pra Trás preto preto. Dobro os dedos dos pés dentro dos sapatos e enrijeço os das mãos. NUNCA vou fazer isso de novo. Nunca.

Fico muito imóvel. Então como descobrir?

Havia uma moça dos preto-e-branco legal na cadeia, que cuidou de mim quando tentei visitar Papai uma vez. Ela escreveu o nome dela no Livro de Visita da Prisão que eles me deram. Não tenho mais esse livro mas sei como vê-lo no Pra Trás.

Sinto o peito se apertar. Não vai ser um Pra Trás legal.

Ponho as mãos na cabeça com muito cuidado. Tudo bem, Mikey. Tudo bem. Cackler disse que às vezes coisas ruins fazem a gente se sentir melhor. Então você pode achar Papai, assim como achou a bezerra. Então Mamãe voltará para casa. Então poderemos todos ir à praia e ser felizes como na foto. Vamos lá, Mikey. Vamos lá. Melhor se livrar logo. Depois acaba. Timmer também vai estar lá, então você vai ficar a salvo e, se for muito ruim, basta fugir de lá. Basta fugir.

Experimento a porta dos fundos. Trancada. Pat saiu. Bom. Destranco e vou direto para cima, passo a passo pelo tapete florido marrom. O coração bate como um tambor doido doido. Vou fazer isso por Mamãe e por Papai e por mim e pelo Pequeno Mikey. Paro no último degrau e inspiro fundo.

Fico parado diante do quarto do Pequeno Mikey. Timmer se senta em silêncio ao meu lado. Faz muito tempo que não entro ali. Seguro a coleira de Timmer e enterro os dedos em seu pelo.

— Estou tentando descobrir onde Papai está — cochicho a Timmer. — Estou tentando usar o Pra Trás assim como usei com Bess.

Ele balança o rabo e me olha.

— Mas se for muito ruim, basta a gente sair depressa, tá bom?

As sombras atrás da porta se mexem, ficam mais barulhentas. Fazem meu peito se apertar. Fazem minha cabeça se sentir escura.

— Não vou fugir deles dessa vez, Timmer. Fique junto, cachorro. Fique junto.

Timmer bate o rabo no chão.

— Pronto?

Empurro a porta um pouquinho. É frio como abrir o congelador.

Tudo está coberto de gelo grosso... Veja, Timmer! O Homem. Bandeira na janela, urso de pelúcia no chão, o modelo de avião semiconstruído na mesa... E lá, e lá... lá está ele.

Fecho a porta. Não gosto disso. Meu coração está batucando tão alto que os ouvidos quase explodem. Timmer pressiona o corpo contra mim, quente e seguro. Ergue os olhos castanhos e tranquilos. Deixo o mundo se acalmar de novo. Um carro passa na rua. Alguém bate uma porta. Barulhos cotidianos, aqui e agora.

Respiro fundo. O Agora estará à minha espera; posso voltar a ele quando quiser. Posso fechar a porta de novo se quiser, não posso? Seguro a coleira de Timmer com força, baixo a maçaneta e piso no tapete azul do quarto.

O Pequeno Mikey está sentado no chão, espremido no canto entre a cama e a parede. Tem catarro pendurado no nariz, os olhos vermelhos, está muito pálido e se balança balança balança para a frente e para trás, para a frente e para trás.

Meus olhos ardem. Ele está diferente. Não é o Pequeno Mikey normal porque agora tem a cicatriz.

Mamãe está sentada ao lado no edredom do Homem Aranha, acariciando o cabelo dele. Está com aquele sorriso recheado de lágrimas. Detesto quando ela faz isso; significa que quer Papai, mas finge que não quer.

— Não se preocupe, amor. Shhhhh, calma, calma...

Ele está tão assustado. Cuide dele, Mamãe. Cuide dele.

— Ah, amor, meu Mikey. — Ela está quase cantando e se senta ao lado dele no chão, junto da cama. Mal consegue se encaixar ali com ele, mas sei que o Pequeno Mikey gosta de ficar espremido, grudado e aquecido bem juntinho dela. Ela está tão aconchegada que ele não consegue mais se balançar. Mamãe põe o braço em torno dele e acaricia seu cabelo cacheado. Os espasmos do Pequeno Mikey ficam mais lentos.

— Não consigo. — A voz dele borbulha com lágrimas e catarro.

— Eu sei, amor. Foi má ideia. — Mamãe puxa um lenço de papel da manga e limpa o nariz dele. O Pequeno Mikey

nem nota. — Eu não devia ter deixado você ir. Não foi a hora certa.

— Não consigo. — O rosto dele se contrai. — Não consigo... — Agora ele está sussurrando.

— Eu sei, sinto muito, meu amor. Sinto muito. — Os lábios de Mamãe estão todos borrados quando ela beija a cabeça dele.

As lágrimas escorrem outra vez pelo rosto do Pequeno Mikey. Os punhos estão cerrados; ele se prepara para lutar com alguém que ninguém mais consegue ver.

— Você não tem de voltar lá, Mikey, àquela prisão. Só se você quiser.

Pequeno Mikey grita como um bichinho. Mamãe o abraça com força. Ela acha que ele só está chorando, mas não está. A boca dele se mexe, mas ela não pode ver. Ele articula palavras, mas ela não pode ouvir.

Mas eu quero ver meu Papai, diz ele.

— Foi uma coisa terrível que ele fez. Às vezes tenho vontade de matá-lo, tenho vontade de matá-lo pelo que fez conosco.

Mas eu quero ver meu Papai. Eu só queria ver meu Papai.

— Aquele lugar horroroso é o suficiente para deixar qualquer um nervoso.

O lugar dele é aqui conosco.

— Você e eu não precisamos dele. Simplesmente não precisamos desse... desse... — Mamãe sacode o punho para o teto.

O Pequeno Mikey grita de novo.

— Mamãe, odeio aquele livro. Odeio!

Mamãe esfrega as costas dele, depois lhe acaricia o rosto, depois lhe beija o nariz; não consegue decidir qual pedacinho precisa confortar para ele se sentir melhor.

— Qual livro, amor? Qual?

— O Livro de Visita da Prisão. Odeio ele. ODEIO!

O Pequeno Mikey joga a cabeça para trás com força para bater na parede, mas Mamãe o segura bem na hora.

— Tudo bem, amor. Tudo bem. Vou me livrar do livro, não se preocupe.

— AGORA! Faça isso AGORA! Queime ele! QUEIME ELE! — berra o Pequeno Mikey, e joga a cabeça para trás outra vez.

Mamãe o segura a tempo, mas dessa vez é por pouco. Ela pega o rosto dele e o põe junto ao dela. Não está zangada, mas está séria. Fala em voz baixa, e o Pequeno Mikey tem de parar de gritar para ouvi-la.

— Vou me livrar dele, amor. Vou queimar, se quiser. Mas agora respire fundo. Está na hora de se acalmar. Chega disso, amor. Chega. Não vou deixar você se machucar. Não vou mesmo.

Pequeno Mikey relaxa um pouco.

— É isso aí, amor, é isso aí. Respire fundo, respire fuuuuundo.

O peito dele sobe... desce... sobe... desce. Os olhos estão tranquilos. Ele pega o livro debaixo da cama.

É a história de crianças que vão visitar gente na cadeia — tudo em figuras para colorir. Os preto-e-branco. As salas onde a gente espera. As salas onde a gente vê Papai. As grades. As chaves. Era para preparar a gente, mas não prepara. O livro mentiu. Pequeno Mikey sabe disso. Sei disso. Mamãe também sabe. O livro não fala do Pra Trás preto preto que tem lá e faz a gente tremer. Não fala das sombras. Nem dos cheiros. Nem dos sons metálicos. Mentiu. Mentiu. Queime o livro, Mamãe. Livre-se dele.

Mamãe puxa a cesta de lixo de metal para perto dela. Pega o isqueiro. Por um minuto, para. Folheia as páginas. Vamos com isso! Vamos com isso! QUEIME O LIVRO! Queime o Pra Trás preto preto até sumir para sempre.

Deito-me na cama, me inclino sobre o ombro de Mamãe. Vejo minhas letras tortas de criança, meu colorido vacilante.

Ela vira a página com a sala de espera. Ali está a figura da senhora preta-e-branca com o nome escrito embaixo. O nome é, o nome é... fique quieta, Mamãe, pare de virar as páginas... **é Agente Penitenciária Jane Smith.**

Agente Penitenciária Jane Smith.

Jane. Gosto desse nome. É sorridente. Ela era sorridente. Segurou minha mão e tinha cheiro de rosas escondido debaixo de todas as roupas pretas, e me ajudou a sair depressa quando o Pra Trás veio

O isqueiro toma vida. Inclino-me à frente com o Pequeno Mikey. **Mamãe segura o livro acima do cesto de lixo. Mantém a chama no canto do livro. Por um minuto, nada acontece. Então a labareda se enrola e sobe. Começa a comer o papel. Lá vai ela, deixando tudo preto onde o papel queimou. Aquele livro era mau. A prisão era má.**

Ela larga o livro no cesto. Ele queima depressa. Quase acabando. Mamãe pega o copo de água-de-beber-de-noite

do Pequeno Mikey. Derrama-o no cesto. Chia feito linguiça na grelha.

O livro sumiu.

— Tudo bem, Mikey?

O Pequeno Mikey exibe um sorriso branco e cansado.

— Desça comigo, então, e vamos assistir à televisão. Vamos esquecer tudo isso agora.

Ela ofega ao se levantar e ajeita a saia.

O Pequeno Mikey é mais lento. Arrasta os pés quando a segue até a porta do quarto. Consigo ouvir Mamãe andando lá embaixo, os chinelos batendo nos pés. O Pequeno Mikey olha o cesto de lixo mais um minuto. Depois olha diretamente para mim. É como se conseguisse me ver.

— Mikey! Venha, amor! Não quer assistir à TV com refrigerante e batatinha frita?

Ele sai do quarto devagar e sua boca vacila. Os lábios se mexem; ele está falando sem som de novo.

Mas ainda quero meu Papai, sussurra.

Aí sai do quarto e deixa a porta se fechar suavemente atrás de si.

Pat grita para o alto da escada.

— Fui ver sua mãe na casa da vovó, Mikey! Ela te mandou muito amor! Não precisa telefonar para ela hoje à noite! O médico disse que ela só precisa de descanso e logo, logo estará boa.

Saio do quarto do pequeno Mikey com Timmer e verifico a porta para ver se está bem fechada. Estico a cabeça por cima da balaustrada. Ela está suando e seu rosto de arco-íris cintila.

— Quando ela vai voltar?

— Não deve demorar muito. Tem peixe com fritas para o chá, e peguei um DVD na loja para assistirmos. O que acha?

Olho para Timmer. Isso quer dizer que teremos de esperar até amanhã para telefonar para a agente penitenciária Jane Smith, Timmer-meu-cachorro. Vamos esperar até Pat sair de manhã para dar uma olhada na casa dela, e aí ligamos. Talvez seja bom, porque ainda estou abalado com aquele Pra Trás.

Olho a porta fechada do quarto do Pequeno Mikey antes de descer. Fomos corajosos de entrar ali, Timmer-meu-cachorro. Corajosos. E embora eu esteja tonto, as sombras agora ficaram mais silenciosas lá. Ponho a mão no coração e sinto bater, bater, bater. É estranho, mas consigo sentir que outra coisa dentro de mim ficou muito suave e triste e parada.

Agente penitenciária Jane Smith. Agente penitenciária Jane Smith.

A porta bate e Pat sai. Seguro o telefone com ambas as mãos. Estou sentado no chão, no canto ao lado da cama. Tenho de telefonar agora enquanto a casa ainda está vazia. Timmer faz círculos e forma um ninhozinho de cachorro no meu edredom, que caiu no tapete junto aos meus pés.

Digito o número da agenda telefônica de Mamãe com todo o cuidado. Verifico cada número duas vezes antes de apertar o botão. Isso é importante. Minhas mãos tremem. Tenho de fazer tudo certo. O telefone toca. Minha barriga se contorce. Minha cabeça entra em pânico. Escuto com toda a atenção, aguardando uma voz.

— Penitenciária Redbridge, posso ajudar? — É uma mulher. Isso é bom. — Alô? Posso ajudar?

O que eu digo? O que eu digo?

— Estou telefonando para saber se posso falar com o meu pai.

— Seu pai está na penitenciária?

— Está.

— Qual é o nome dele?

A pergunta machuca, mas respiro fundo.

— Stu Baxter. Esse é o nome dele.

— É presidiário?

— É.

— Huuuuummm. Está com sua mãe ou algum assistente social? Alguém que possa cuidar disso?

— Não.

— Por favor, quantos anos você tem?

As perguntas são rápidas demais. O que isso quer dizer? Por que isso importa?

— Quatorze.

— Você precisa passar por um procedimento especial para conseguir isso, sabe.

— A agente penitenciária Jane Smith está?

— Como é?

— Ela me ajudou da última vez.

— Vou verificar, mas você precisa de um adulto, sua mãe ou alguém assim, para cuidar disso para você.

Há um bolo enorme na minha garganta que não consigo engolir. Fui corajoso e fui até o o Pra Trás apavorante para descobrir o nome dela. Quero falar com Papai. Mamãe não está aqui. Tenho de fazer isso sozinho. Não há ninguém para me ajudar.

— A agente penitenciária Jane Smith disse que me ajudaria a falar com Papai. — Minha voz está muito baixa.

— Posso anotar seu nome?

— Só quero falar com Papai.

— Eu sei. Sei que é difícil, mas posso anotar seu nome, por favor?

— Papai está aí?

A senhora se cala ao telefone, depois remexe uns papéis. Talvez esteja conferindo listas.

— Você precisa falar com sua mãe. Ela está aí com você?

— Não. Saiu. Posso falar com a agente penitenciária Jane Smith, por favor? — Minha voz está começando a tremer, mas tento mantê-la firme para que a senhora consiga ouvir o que estou dizendo. — Ela disse que me ajudaria a vê-lo quando eu estivesse pronto.

— Acho que ela não trabalha mais aqui. Vou verificar. Um minutinho, por favor...

Engulo em seco. Tentei, mas sou burro demais. BURRO demais para resolver qualquer coisa. Bato o punho no chão. Ouço o grito sair da minha boca antes que consiga segurar.

— Está tudo bem?

— Quero falar com meu pai.

— Sinto muito, essa informação é sigilosa...

Outro soluço sobe com força do meu peito.

— Tem alguém aí que possa... ai, meu Deus... coitadinho...

— Meu Papai... — sussurro.

— Vou pôr você na espera e volto num instante. Tudo bem?

— Tudo bem.

O telefone faz uns bipes, mas não fica totalmente em silêncio. Ainda consigo ouvir a senhora falando, mas está muito longe, e ela fala com outra pessoa.

— A agente de atendimento a famílias já voltou? Esse garoto quer ver o pai, Stu Baxter, mas... veja só a lista, ele não está realmente *dentro* da penitenciária no momento...

Fico paralisado ao perceber o que ela disse. Não consigo falar. Há algum farfalhar, as vozes vão ficando cada vez mais distantes. Deixo o telefone cair.

— Alô! — A senhora está de volta e sua voz é alta de novo. — Você ainda está aí? Alô? Alô!

Observo o telefone. Estendo meu pé descalço. O dedão aperta o botão vermelho do telefone e a senhora some.

Olho para Timmer. Papai não está lá. Não está na prisão. É verdade. Eu tinha razão.

Papai fugiu.

Capítulo quatorze

Ando o mais depressa que posso pelos campos nos fundos da casa. Minhas pernas estão fortíssimas porque estou zangado zangado ZANGADO. O céu está azul, mas consigo ver as nuvens de tempestade do Pra Trás se formando e não me importo. *E agora*, o que faço? Não sei! NÃO SEI!

Estou de saco cheio do Pra Trás, de saco cheio de Papai e prisão e fogo e Mamãe e choro e sombras e cicatrizes. As sombras começam a guinchar de novo. Ignoro. Timmer dá um latidinho. Tem um vento soprando, mas não consigo descobrir se é Agora ou antes, mas não me importo mais porque não consigo descobrir. Mikey burro. Bato os pés com força no capim. Timmer late. O vento me açoita por todo lado e está frio. Frio de bater os dentes.

Ótimo.

Ótimo.

Vá em frente, então. Traga, então. Veja só se eu ligo. Veja só se eu ligo para ALGUMA COISA.

Corro até a margem do rio. **O céu do Pra Trás é escuro como a noite. O vagabundo está em pé ao meu lado. É mais baixo do que eu. E gordo. O chapéu está torto e ele estende as mãos velhas, enrugadas e sujas para mim. A barba tem gotas. Ele parece arrependido de alguma coisa.**

Ora, caia fora! Caia fora, ouviu?

Caminho depressa em direção à ponte, em direção ao pedacinho de rio onde encontramos o corpo dele. **Ele está correndo ao meu lado, todo engraçado e sacolejante.**

— Não me siga! Me deixe em paz! — grito para ele.

As sombras dançam como loucas na minha cabeça. Os olhos doem. A cicatriz dói. Argggggggh!! Seguro a cabeça e uivo para o céu como um lobo.

Timmer uiva junto comigo e as nuvens do Pra Trás rodopiam.

Entretanto, o vagabundo continua avançando. Está correndo. Está me ignorando. Ele está no Pra Trás e nem sabe que eu o observo.

O grito gruda na minha garganta.

Ele está no Pra Trás dele.

O vagabundo está assustado. Corre ao longo da margem do rio. É aí que ele morre. É aí que acontece. Ele está fugindo de alguém e essa pessoa está atrás de mim.

Puxo o cabelo com tanta força que os meus olhos começam a chorar. A margem do rio está tentando me contar seu grande segredo. É tão grande que transborda por toda volta para que eu veja.

O assassino está atrás de mim.

Vire-se, Mikey. Vire-se e veja quem é. Mas não consigo. Estou assustado. Respiro com vigor, e o frio é cortante como vidro quebrado. Não consigo fazer isso. Baixo a mão para Timmer e aperto a nuca dele com força.

A lua está alta no céu. O vagabundo arfa, se esforça. Não tem ninguém para ajudá-lo.

Vire-se, Mikey. Vire-se.

Alguém passa correndo por mim, seguindo o vagabundo. Solta um tipo de grunhido enquanto corre. Meu corpo inteiro fica rígido como um poste. A visão borra. Não quero olhar. **Ele é rápido. 1ai alcançar o vagabundo facilmente.** Não consigo, não consigo, NÃO CONSIGO ver isso. O mundo está caindo. Estou caindo. Estou de joelhos e a grama está molhada. Minha cabeça encosta na grama. O capim faz cócegas no meu rosto. Cubro as orelhas. Escuto o som que bombeia em meu ouvido. Escuto minha respiração. Inspirando, expirando. Sinto Timmer perto de mim. Solto um ruído meio gemido.

O que está acontecendo com o vagabundo perto da ponte? Não posso salvá-lo. Não posso olhar. Não posso fazer nada. O Pra Trás é grande demais para mim.

— Mikey? É você?

Reconheço essa voz. Timmer rosna. Abro os olhos. É noite e faz sol. Há nuvens escuras e céu azul. Há algo terrível acontecendo perto da ponte, mas não está mais lá.

Resmungo de novo e rolo como uma bola.

— Você tá bem, parceiro?

Uma sombra cai sobre mim. Olho para cima. É Ralph. Meu parceiro Ralph. Sorrio, mas também quero chorar.

O Pra Trás escuro está indo embora. Faz calor nas costas da camiseta. Sento-me. Só por um minuto, sinto rodopios na cabeça, mas aí os rodopios vão embora. Está claro. É o Agora de novo. Olho a margem do rio até a ponte. Vazia.

— O que tá fazendo aqui, Mikey? Vamos, parceiro. Volte pra fazenda comigo. — Ele estende as mãos para me levantar.

Não me mexo durante um minuto. Timmer fica entre Ralph e eu. As orelhas estão caídas, contraídas para trás. Quem era o homem que perseguia o vagabundo? Quem era? Era Papai? Só vi as costas dele correndo e não sei. Não consegui olhar direito. O vagabundo... ele *sabia* quem era. Volto a olhar para a ponte.

Só por um minuto, vejo o rosto assustado do vagabundo olhando para cima e erguendo as mãos para cobrir a cabeça quando se agacha.

No fundo da cabeça, em algum lugar na neblina, consigo sentir o formato de uma ideia. Contraio o rosto.

— Mikey?

O formato fica vago e se esvai, flutuando nas bordas. Não sei o que era. Mas agora já se foi.

Ralph não para de me observar de soslaio enquanto caminhamos pela margem do rio rumo à fazenda. Não vejo a socó há alguns dias. Timmer está tão perto de mim que quase me faz tropeçar. Há tanto espaço aqui, por que não o usa em vez de se meter debaixo dos meus pés, seu vira-latas burro?

— O que tava acontecendo lá atrás, Mikey? — Ralph não me olha quando pergunta, mas sei dizer que todo o corpo dele espera minha resposta.

— Estou num dia ruim. — Cerro os punhos.

— Quer falar sobre isso com seu velho parceiro Ralph?

— Ele ainda olha bem à frente, os passos no mesmo ritmo dos meus.

— Acho que é segredo.

— Você que sabe, parceiro. Você só parece nervoso. — Ralph olha para mim e sorri. — Mas se ajudar, tenho montes de segredos também.

Acredito nele. Acho que ele gosta de segredos; dá para saber pelos olhos faiscantes. Mas ele está certo, está, sim. Ele me salvou dos rapazes no jardim do bar.

— Sabe... — Fecho os dedos em torno da cabeça. — Eu acho... Eu acho... — Não consigo terminar direito o que quero dizer.

Minha cabeça está nebulosa porque Mamãe sempre me diz para não falar a ninguém sobre Papai, não é? Nossa Regra de Ouro.

— O quê, parceiro?

Balanço a cabeça, mas as sombras lá dentro me deixam enjoado.

Ralph assente lentamente. Agora estamos na trilha que vai para a fazenda de Cackler.

— Olhe, Mikey, tá quase na minha hora de almoço. Posso sair cedo; minha casa é logo ali. Dá pra ver que você tá nervoso. Por que não vem comigo? Quer um sanduíche? Esse trabalhinho de que falei tá pra acontecer e posso te explicar tudo, se quiser.

O sol explode na minha cabeça. Ouviu isso, Timmer? Ei, Timmer! *Nunca* vou à casa de ninguém e ele acabou de me convidar! Simples assim! Faço minha dancinha de joelhos dobrados e aperto as mãos uma na outra.

— Vai ser genial, GENIAL, Ralph!

Ele ri.

— Então venha, parceiro. Por aqui... — Ele indica a trilha pela beira do bosque e vai na minha frente.

Viro-me a fim de olhar para Timmer. Ele está de frente para o outro lado, para a margem do rio perto da ponte, e todo o seu corpo está tenso; ele observa alguma coisa. Escuto o estalar distante de passos no gelo e estremeço.

Lá está o vagabundo, com o casaco preto e o chapéu preto, em pé, me encarando, encarando Ralph.

NÃO! Agora não. Estou com meu parceiro Ralph. Vou à casa dele. NÃO VOU PASSAR POR ISSO DE NOVO HOJE.

— Vamos, garoto. Deixe pra lá, Timmer, por aqui.

Timmer dá um ganido baixo e se vira, a cabeça de lado.

— TIMMER!

Ele bate a pata no chão e gane outra vez. Ótimo! Venha quando estiver disposto. Ralph começa a assoviar e mal vejo o vermelho de sua camiseta quando ele faz a curva e some. Corro para alcançá-lo. Olho para trás brevemente. Timmer está me seguindo.

Mas a figura do vagabundo ainda está lá, observando, esperando.

Capítulo quinze

Ali há três casas velhas que pertencem ao conselho da cidade. Eu tinha me esquecido delas. Achei que estivessem todas vazias de qualquer modo, pois Albert disse que iam ser demolidas para construir um novo lugar de luxo ou coisa assim.

Ralph sobe o caminhozinho da casa do meio. Tem a porta da frente azul, mas a tinta está descascando, como a do meu galpão. O jardim da frente é só mato e há um velho Mini preto, com plantas crescendo dentro, estacionado debaixo de uma velha árvore que parece estar morta. O jardim é ainda mais bagunçado do que o nosso.

Ele me chama com um gesto.

— Lar doce lar, parceiro.

— Aquele é seu carro?

— Ah, aquela coisa velha? — Ralph olha o carro e passa a manga na testa. — É, parece um cacareco, mas eu ia consertar, sabe, e fazer funcionar de novo. Eles tão na moda de novo, os Minis. — Ele passa as mãos pelo cabelo e balança a cabeça. — Mas o difícil é arranjar tempo, parceiro. Nunca há tempo o suficiente. — Ele se vira para andar de volta à casa.

— Você sabe consertar? Papai... — Quero dizer que Papai era genial e consertava carros o tempo todo. Ele dizia que sabia fazer a mágica dos carros e ressuscitar qualquer um deles. Sinto um tranco por dentro. Normalmente não me lembro das coisas que Papai dizia.

Ralph para e me olha de um jeito engraçado. Franze a testa.

— Claro que sei consertar, Mikey. Eu era mecânico antes de trabalhar pro Cackler. Não sabia disso?

Balanço a cabeça. Ele começa a dizer alguma coisa, depois para, depois começa de novo.

— Entre, parceiro, entre.

Não tem carpete lá dentro e o cheiro é engraçado — meio parecido com o do banheiro quando a gente se esquece de abrir a janela depois do banho. Há marcas pretas de sujeira nos cantos, como imensas teias de aranha gorduchas sugadas para dentro das paredes. Paro no saguão. Alguma coisa não está certa aqui. Minha cabeça começa a doer de novo. Timmer fica à porta, ainda rosnando.

— Por aqui, Mikey! — Ralph está na cozinha, na ponta, e há mais sol por lá. Ele está diante de uma velha mesa bamba com panelas grudentas por toda parte, fazendo sanduíches de geleia. Não há coisas adequadas ali, como armários de cozinha, só mesinhas e cadeiras desencontradas e pilhas de coisas. Mas há uma geladeirinha engraçada e um fogão velho.

Entro na cozinha e estremeço. As sombras são barulhentas aqui. Sibilam à minha volta.

— Tá com frio? — Ralph nota que estou tremendo. — Podemos comer lá fora. É mais quente. — Ele me passa um prato com os sanduíches e um pacote de batatinhas fritas salgadas. Não gosto muito das já salgadas, mas não digo nada. Ralph preparou o almoço e isso foi uma gentileza, e ele é meu parceiro.

Timmer ainda está esperando na porta da frente. Sentamos em uns barris velhos verdes, de plástico, junto à janela. O sol está quente. Ralph arregaça a manga da camisa. Os braços dele são muito morenos e musculosos. Consigo ver a mulher nua e cheia de curvas outra vez. Ele ri quando vê que estou olhando.

— Gosta da minha namorada, é? — Ele bebe um gole de Coca-Cola.

Meu rosto arde. Olho para baixo e puxo a casca da borda do pão. Uma vespa pousa na minha mão, tentando chegar à geleia. Ponho um pouco na casca e a deixo no chão. A vespa voa para ela. Ralph ri.

— Tem namorada, Mikey? Com toda essa boa pinta você deve estar lutando pra fugir delas.

Balanço a cabeça, mas ainda não ergo os olhos para ele.

— Acho que Meg gosta bastante de você, sabia?

Sinto que ele me observa. Quero que ele pare de falar agora. Tudo está vermelho e quente. Penso em Meg tocando meu braço e no bezerro nascendo e no sangue e nela sorrindo para mim quando eu saí da fazenda. Isso me deixa tonto.

Levanto os olhos vagarosamente e enrugo o nariz porque não consigo pensar no que dizer.

Ralph joga a cabeça para trás e solta uma gargalhada alta e me dá um tapa nas costas.

— Ah, você é bem esquisito, Mikey meu menino.

Rio também, mas quero esconder as coisas que penso sobre Meg — meio que pôr os braços em volta delas, como algumas pessoas fazem em torno dos livros quando estão escrevendo na escola para ninguém ver o que estão fazendo. Ponho uma batata na boca mas não é crocante — é mole. Não gosto.

Alguma coisa escura que vejo de soslaio me faz pular. Um gato preto sai zunindo do velho Mini e corre pelo caminho do jardim. Timmer dá um latido e corre atrás dele. O gato já está subindo na macieira. Ralph ri.

— Então, quando vai consertar o carro? — pergunto.

Papai dizia que carros que não funcionam são tristes... como se estivessem mortos ou doentes ou coisa assim. Enrugo a testa; pensei em coisas sobre Papai duas vezes agora no jardim de Ralph. Espero as sombras começarem a falar, mas elas não falam. Sinto uma dor por dentro, mas não é na minha cabeça.

— Sei lá, parceiro. Olha. — Ele se vira para me encarar e pousa o prato. — Tem uma coisa que quero lhe mostrar. Não percebi que você não sabia...

— Sabia o quê?

— Espera aí. Volto já. — Ralph limpa as mãos nos jeans e entra na casa.

Timmer volta devagar e se deita aos meus pés. Acaricio as suas orelhas lisas e macias. Não sei por que você não gosta de Ralph, Timmer. Ele acabou de me servir o almoço e agora vai me mostrar coisas. Somos parceiros.

Ralph volta e está trazendo um papel.

— Da época em que eu era mecânico. — Ele se senta no barril e me entrega. — Só achei que você devia saber uma coisa.

Olho. É uma foto tirada na frente da velha oficina antes de pegar fogo. Sinto frio. Nunca vou mais lá. Está cheia de Pra Trás triste. Timmer chega mais perto. Há três homens na foto, em pé ao lado de um Golf vermelho. Ali está Papai com o macacão de trabalho, sorridente e moreno por ficar tanto tempo ao ar livre, e ao lado, com o braço em torno do pescoço de Papai, está Ralph. Meu parceiro Ralph está na foto usando macacão também.

Baixo a foto. Quero chorar. Fico em pé. Meus dedos ficam rígidos. Papai sorri para mim na foto. Papai e Ralph.

— Ei, Mikey, tudo bem, parceiro. Tudo bem. — Ralph me estende a mão, mas não quero que ele me toque porque preciso pensar, e porque não entendo o porquê de tudo isso. Por que eu não sabia que Ralph trabalhou com Papai? Por que ele me mostrou isso? O que isso quer dizer? Escuto-me soltando um gemido.

Ralph ergue as mãos e se afasta de mim.

— Tudo bem, parceiro, tudo bem. Só achei que você gostaria de saber que somos todos parceiros. Sou seu parceiro. Era parceiro do seu pai. Isso é bom, num é? Hein, Mikey?

Isso é bom? Isso é bom? Os rapazes foram maus comigo no bar e eles queriam ser parceiros, e isso não foi bom. Olho a foto. Papai estava sorrindo e fico com vontade de chorar, mas ele *estava* sorrindo então significa que estava feliz de estar com Ralph. Ralph e eu e Papai. Todos juntos e parceiros. Isso está certo?

— Entende, Mikey? Éramos todos parceiros. Não precisa se preocupar. Num mudou nada. Tudo bem?

Ele sorri para mim. Ralph cuida de mim. Está me ajudando de novo. Está sempre me ajudando. Nunca tive um amigo tão bom. Sorrio.

— Tudo bem. Tudo bem, Ralph. — Estendo a mão e quase o abraço, mas aí dou um tapinha em seu braço, perto da moça nua e cheia de curvas, mas não em cima dela, e me sento.

— É só porque você parecia tão nervoso hoje e eu quis te dar uma alegria. Sabe, quando encontrei você na margem do rio. — Ralph se senta, mas me olha de soslaio. O vento está acordando. Sopra nas árvores do jardim ao lado, e dois melros saem voando rumo ao céu. — Eu era colega do seu pai. Se eu puder ajudar e se você quiser falar comigo, você pode, sabe.

Esta manhã — foi quando descobri que Papai fugiu e então vi o vagabundo correndo pela margem pouco antes, pouco antes... Meus olhos ardem. Timmer se encosta em mim. Todas essas coisas que não entendo, todas desfocadas e emaranhadas. Ralph sorri. Ele vai me ajudar. Ele conhecia Papai, afinal... Foi ele que começou a falar de Papai, então não estou desobedecendo a Regra de Ouro, estou?

— É sobre Papai — sussurro.

Timmer rosna, as orelhas para trás. Quieto, garoto, preciso de alguma ajuda com isso e Ralph é nosso parceiro.

Ralph não diz nada, mas faz que sim. Está me observando atentamente com seus olhos castanhos. Seus olhos são tão fortes que me pergunto se conseguem enxergar o Pra Trás na minha cabeça, tudo rodopiando. Ele dá outro gole na sua Coca-Cola. Inclino-me para a frente e cochicho.

— Acho que ele fugiu da prisão.

As sobrancelhas de Ralph disparam para o alto e ele tosse a Coca-Cola, que respinga por todo o jardim. Ele bate no peito. Os olhos lacrimejam.

— Desculpa, Mikey, você me pegou de sur... — Ele tosse de novo. — Por que diz isso, parceiro?

— Telefonei para a prisão e disseram que ele não está mais lá.

— Ah. — Ele fecha os olhos e esfrega a ponte do nariz com o polegar e o indicador. — Entendo. Você tá procurando ele?

Minha voz sai tão miúda que mal me ouço dizer "Estou".

Os olhos ainda fechados, Ralph diz:

— Olha, somos parceiros, não somos?

Faço que sim.

— Vou te dizer, ajudo você a achar seu pai... Dou um jeitinho, por assim dizer, se quiser, o que acha?

— Você me ajuda? Você me AJUDA? Ralph? Ralph?

Ralph abre os olhos.

— Ajudo, parceiro. Ajudo. Se importa de me fazer um favorzinho em troca?

— Qualquer coisa, Ralph! Qualquer coisa! — Espremo os joelhos com as mãos com tanta força que chega a doer.

— Você é um bom sujeito, Mikey, um bom sujeito. — Ralph sorri. — Mas é só uma coisinha. — Ele se inclina para a frente, os braços apoiado nas pernas, como se estivesse dizendo algo importante a outro homem. Faço o mesmo. — Aqueles rapazes com quem você estava no Cães e Cavalo...

— Dave e Jim e Toby?

— É, isso mesmo. São seus amigos, certo?

Concordo devagar. *Acho* que são... queriam que eu entrasse no grupo deles... mas aí não deu certo.

— Bom, aquele Dave... ele tem me criado problemas recentemente... sabia?

Não sei. Não sei mesmo.

— Você teve de beber tudo de uma vez também?

— Não, parceiro, nada de bebida. Só... problemas. Então preciso que você descubra quando Dave planeja ir àquele bar e me conte, tudo bem?

— Isso é fácil! Claro, Ralph!

— Bom rapaz! Você vem à fazenda ou até aqui e me conta quando descobrir, certo?

— E você vai me dizer onde Papai está?

Ralph faz que sim.

Estendo a mão. Precisamos apertar as mãos. Isso é importante. Ralph aperta minha mão, mas seus ombros estão sacudindo e ele está sorrindo.

— Então vamos. Hora de eu voltar pro trabalho.

Quando ele se levanta, olho de novo aquela foto. Papai e Ralph. Papai e Ralph. E o outro homem. Há outro homem na foto também. É baixo e tem o nariz grande e olhos azul-claros. Não o conheço, mas o conheço. Quem é, Timmer? Quem é aquele homem?

— Diabo, já é isso tudo? — Ralph olha o relógio. — Preciso correr, parceiro, preciso correr. Entrega de ração de gado a qualquer minuto e hoje Cackler saiu. Vejo você depois, tá?

Ele desce o caminho correndo, assoviando aquela música de novo. Timmer e eu o seguimos pelo caminho do jardim, mas vou devagar. Isso está me incomodando. Eu *conheço* aquele outro homem.

Paro por um momento no mourão da porteira, olho para trás, para a casa e para o Mini preto. O vento ainda sopra no alto das árvores. Timmer late. Calafrios. Estou indo, Timmer-meu-cachorro. Agora temos um serviço a fazer. Temos de achar Dave. Timmer balança o rabo e corre para o caminho de volta pelo bosque.

Tento copiar o assovio de Ralph enquanto vou atrás, mas não dá muito certo.

Capítulo dezesseis

Quando chego em casa Pat está sentada na sala de estar batendo papo ao telefone. Já está de penhoar, embora ainda seja hora do chá. Ela sorri quando me vê. O rosto parece doente porque não há cores pintadas nele.

— Ei! Tem alguém aqui que quer falar com você!

Pat me passa o telefone.

— Alô!

— Mikey! Sou eu, Mamãe. Como vai, amor?

— Mamãe! É você!! Estou com saudades! — Não gosto de ouvi-la de longe. — Quando volta para casa?

— Logo. Também estou com saudade, Mikey. Não estive bem de saúde. Está tudo bem aí com Pat?

Consigo ouvir pelo telefone seu sorriso alegre demais.

— Acho que sim. — Não é a mesma coisa, mas não posso dizer isso porque Pat está escutando. — Qual é o problema?

Nada. Então um ruído gorgolejante.

— Você está chorando?... Mamãe?... Mamãe?

Ela assoa o nariz.

— Desculpe, amor. Vou... Vou voltar logo para casa. Juro. Seja bonzinho com Pat.

— Mamãe? — Ela está chorando, sei que está! — MAMÃE!

— Cuide-se, querido... Volto logo...

O telefone se cala.

Pat pega o fone, escuta, franze a testa. Ela se desloca no sofá para abrir espaço para mim.

— Venha se sentar aqui, Mikey. Não se preocupe. Vovó está cuidando dela; lá é o melhor lugar para ela.

Espremo o corpo junto dela. Está tudo tão arrumado agora que não me sinto bem em pôr os pés na mesinha de centro.

— É mesmo?

— É *mesmo.* — Pat sorri. — Logo, logo ela estará ótima. Que tal assistirmos à TV? Estou com vontade de não fazer nada. Estou um cocô.

Lembro-me de Meg e do "cheiro de cocô". Sorrio.

Ela me entrega o controle remoto.

— Você escolhe, Mikey.

Zapeio pelos canais até achar *Os Simpsons.* Ficamos séculos ali, sentados um ao lado do outro, assistindo à TV. Pat não para de sorrir para mim e dizer que é divertido, mas é esquisito Mamãe não estar ali. A toda hora acho que ela virá da cozinha com uma cerveja, mas ela nunca vem.

Ainda me sinto esquisito quando vou deitar. Alguma coisa está errada, mas não sei o que é. Fico horas com a luz apagada, olhando para o jardim junto ao galpão. Ele está preto-mais-que-preto, mas me observa de volta.

Sei que você está aí em algum lugar, Pai. Saia e ajude Mamãe a voltar para casa. Ela não está bem, mas não sei o que fazer. Volte e me ajude. Está escutando? Mesmo que tenha feito uma coisa ruim, você tem de ajudar.

O vento sacode as janelas. As árvores se curvam e tremem. Ainda bem que Timmer está aqui ao meu lado, enrolado no chão. Enfio-me na cama e observo as sombras dançando na parede enquanto adormeço.

Levo um minuto para perceber que é Timmer me arranhando. Estou todo suado. Não há brisa vindo da janela. Faz muito calor. Eu dormia profundamente, mas não me lembro direito do sonho. Acho que tinha a ver com a bezerrinha — ela queria e queria alguma coisa de mim, mas eu não entendia o quê. Fecho os olhos e tento encontrá-la.

Timmer me bate com a pata e gane.

O que é, garoto? Ainda estamos no meio da noite e estou cansado!

Ele gane de novo e empurra o focinho úmido debaixo do meu braço. Sento e esfrego os olhos. A luz da rua brilha pela janela do meu quarto. As cortinas alaranjadas não foram fechadas direito, e consigo ver a casa em frente. Está escuro, mas eles não fecharam as cortinas. Não gosto disso.

A casa parece ter olhos pretos que me observam. Timmer também está me observando. Ele olha pela janela e rosna e anda na direção da minha cama, as orelhas para trás.

O que há lá fora, Tims?

O edredom está todo retorcido, e levo um minuto para tirá-lo de mim. Tropeço ao sair da cama e dou uma topada com o dedão do pé na mesinha de cabeceira. Grito. Dói pra caramba. Estou todo confuso e estamos no meio da noite, Timmer-meu-cachorro! É melhor que valha a pena. Vou mancando até a janela. Puxo as cortinas. Minha mão para. As cortinas estão frias. Muito frias. Quebradiças. Quase congeladas.

Fico bem quietinho. Parece que há alguma coisa ali comigo no quarto. Timmer está bem ao meu lado, mas não é só ele. Outra coisa. Viro-me devagar. Nada que eu possa ver: só a mobília, a bagunça no chão, as sombras... O que é?

Estou de costas para a janela e para a casa que me encara e dou meia-volta depressa.

O rosto da casa me olha. *E?*, diz ela, *o que você quer, Mikey Mikey? O menino que não consegue entender nada. O menino cujo pai foi embora. Hein? Hein?*

Nada.

Ou há alguma coisa?

Com o canto do olho, vejo uma coisa na rua à minha direita. *Um lampejo de algo brilhante.* Estremeço. Parece conhecido, mas não sei por quê. Tudo o que é escuro está vivo lá fora. Está tudo me observando. Tudo. À espera.

Outro lampejo. Há fumaça se contorcendo rumo ao céu da noite.

Será mais daquela coisa que Cackler disse que faria as coisas melhorarem? Fico imóvel. O pescoço pinica. Alguém *está* aqui no meu quarto. Viro-me e fito o escuro. O escuro me fita de volta.

— Pai?

Fico à espera da resposta.

Nada.

O relógio toca no patamar. O gelo estala na janela. Seja lá o que estiver lá fora, está me chamando. A escuridão no quarto se aperta contra mim, empurrando-me para a noite.

— Quer que eu veja alguma coisa lá fora? — sussurro.

Timmer gane e arranha a porta. Abaixo-me para calçar o tênis.

Estou indo, cachorro, estou indo. Espero só um pouquinho mais com a mão na maçaneta. Silêncio ainda. Pat ronca, morta para o mundo, enquanto me esgueiro escada abaixo até a rua.

Todas as sombras se alinham na janela dos olhos do rosto-casa quando passo, mas não olho para eles. Vou em frente. Um caminho branco e faiscante cresce diante de mim, estendendo-se a distância pelo meio da rua. Tudo está em silêncio. É como uma cidade-fantasma de filme, onde sou o único sobrevivente. Faz calor, mas não há brisa. Agora estou na borda do círculo de luz do poste. Tenho de andar um pouco no escuro antes de chegar ao círculo de luz do próximo. Timmer está ao meu lado. Acaricio a cabeça dele. Não conseguiria fazer isso sem você, parceiro. Não conseguiria.

Há mais fumaça agora, subindo subindo subindo para o céu da noite. Sibila meu nome para as estrelas. O brilho está logo ali, dobrando a esquina.

Vou vê-lo num minuto.

Não é um brilho parado; é uma luz forte que se mexe.

Chego mais perto. Ele sabe que estou chegando. Só mais um pouquinho agora. Passo pela casa de Albert. Passo pela banca de jornal da esquina. As garras de Timmer tamborilam na calçada, me dizendo que está tudo bem e que estou a salvo quando ele está comigo.

Ponho a mão na cabeça dele quando chegamos à esquina.

É isso.

É a oficina onde Papai trabalhava na época em que os prédios e tudo ainda estavam ali. Está pegando fogo.

Minha cabeça está confusa. Nunca venho aqui. Esfrego os olhos. Estou mesmo na noite escura diante desse incêndio do Pra Trás?

É a noite em que a oficina se queimou. Não como pequenas chamas da lareira — grandes labaredas monstruosas que engolem tudo, uma grande muralha delas.

Faz tanto calor que quase sou jogado do outro lado da rua. Atrás de mim, ouço as pessoas do Pra Trás vindo olhar. Mas não consigo tirar os olhos das chamas. **Elas estão vivas, zangadas, fortes. Estalam como dentes e fazem uma dança brusca. Escondem-se atrás de vigas e barris e aí a gente percebe que há montes delas, só juntando forças para enlouquecer e queimar queimar queimar.** Não consigo parar de olhar.

Há um grande estrondo e parte do telhado cai. Uma nuvem preta sobe à toda. Lá longe, escuto a sirene do carro dos bombeiros. O fogo é tão quente que, embora as pessoas do Pra Trás estejam começando a sumir, minha pele arde.

Mas estamos indo mais Pra Trás. O mundo rodopia de novo. Faz meus olhos arderem. **O fogo está ficando mais recente, menor. O prédio não está tão queimado.**

Estou sozinho com Timmer.

Quase.

Tem alguém em pé nas sombras logo atrás do canto do prédio. Embora minha pele esteja muito quente, há muito frio na minha barriga. Quero ir embora agora, Timmer, mas não consigo. Não consigo mexer os pés. Tenho de olhar. Esse pedacinho do Pra Trás é só para mim.

O fogo é um bebê foguinho; voltou quase até antes de começar. É tarde da noite. Silêncio por toda parte. Há um chiado e o fogo se apaga. A oficina está nova outra vez e o mundo dorme.

O homem sai da escuridão.

Usa roupa preta e ainda está na sombra, mas o conheço. Eu o conheço. Eu o conheço. Ele está inclinado para o lado porque carrega um galão de plástico pesado. Caminha até a frente da oficina e para só um instante, de costas para mim.

Eu conseguiria escutar um alfinete cair. Inclino-me à frente para observar. Isso é importante, mas não sei por quê. Timmer, o que está acontecendo?

Timmer se senta. Lambe minha mão para dizer que estou bem. Estou bem.

Ergo os olhos. **Papai está a caminho.**

Ele atravessa o estacionamento diante da oficina. Anda meio devagar; está nervoso. A lua fica clara demais por um instante. Ele para, se vira. Franze a testa e morde o lábio.

Quero correr para ele. Quero que ele sorria ao me ver e despenteie meu cabelo e me leve para casa. Quero que entre pela porta e chame Mamãe e a abrace e faça os olhos dela brilharem.

As nuvens cobrem a lua de novo e tudo fica escuro. Papai se vira para encarar a oficina. Inspira bem fundo enquanto anda em direção à porta lateral.

Vamos, Timmer, vamos atrás dele.

Os sapatos dele são silenciosos, mas ele tilinta ao puxar as chaves do bolso. A fechadura clica. A porta se abre.

Ali dentro o cheiro é de óleo e gasolina. Quase dá para sentir o gosto. Papai se abaixa para abrir o galão de gasolina. Observo as mãos dele, unhas pretas e dedos grossos. A gasolina se derrama no chão.

Tem um nó na minha garganta. Timmer fareja o concreto.

Há três carros ali, mas um deles está em pedacinhos por todo o chão. Estão no hospital, todos alinhados, prontos para serem tratados e curados. Papai anda em torno deles, jogando gasolina por toda parte. Há um calendário perto de mim. Nele, há uma mulher nua — toda cheia de curvas e sorrisos e maciez. A mulher nua e cheia de curvas de Ralph. Ela segura uma chave inglesa e está recostada em um carro esportivo preto.

Meus olhos ardem com a gasolina e não consigo mais enxergar direito.

Papai fica perto de mim. Terminou com o galão. Limpa as mãos num pano, depois o joga no canto e passa a mão no rosto, deixando manchas pretas. Franze a testa de novo.

Ele enfia a mão no bolso da camisa e tira uma caixa de fósforos. Gira-a várias vezes na palma da mão, passando os dedos pelos lados. Morde o lábio. As unhas estão tão curtas que a pele está inchada na parte de cima e roída nas laterais.

Não consigo parar de olhar as mãos dele. Elas costumavam amarrar um cadarço no braço da cadeira para mim — várias e várias vezes — para me ensinar a amarrar os sapatos, consertavam coisas, despenteavam meu cabelo, seguravam a mão de Mamãe.

Ele abre a caixa e tira um fósforo. Acende-o e o ergue diante de si. Pequenas sombras se contorcem no rosto dele. Ele parece tão triste. Suavemente, apaga o fósforo com um sopro.

Chego mais perto dele. Um passo só.

Papai não se mexe. Sacode a cabeça e deixa os braços caírem ao lado do corpo.

Dou outro passo mais para perto. Agora sinto o cheiro do Papai — o sabonete, a loção pós-barba, as coisas da oficina, o Papai por dentro também.

Ele anda devagar de volta à porta da oficina. Passa as mãos no cabelo, que fica todo eriçado. Para. Vira. O rosto está contorcido.

— Vamos lá, Stuart meu rapaz! — Ele fala sozinho, mas os dentes estão trincados. Dá um soco no próprio braço. — VAMOS LÁ, Stuart! — Ele bate em si de novo. — VAMOS LÁ!

As sombras estão acordando. Consigo ouvi-las farfalhando por toda a oficina. Puxo Timmer para mais perto. Ele gane baixinho, mas permanece junto de mim.

Papai tira os fósforos do bolso outra vez. Risca um. Esse fósforo é mais forte do que o primeiro. Consigo ouvi-lo sibilar. Essa chama é má. Está faminta.

Todo mundo observa a queda dela. Papai. Eu. Timmer. Todos prendemos a respiração.

A chama se movimenta como uma mulher nua e cheia de curvas dançando. Há montes de chamas por todo o chão. Um tapete móvel de chamas rodopiantes. É lindo.

Fico parado olhando.

Agora as chamas engolem cada um dos carros, sobem pelos bancos de madeira nos fundos, um pedaço de papel no chão queima claro claro claro...

Há um barulho esmagador atrás de mim. Papai pegou um pé de cabra e quebrou a janela da porta do outro lado. O vidro está todo pelo chão.

Quero ficar perto do Papai. Os cacos fazem barulho de batatinha frita debaixo dos meus sapatos quando o sigo.

Ele espera, um momentinho só, olhando a oficina. Metade do rosto está iluminado pela luz da rua e metade está no escuro. Os olhos dele faíscam, mas agora que estou perto não sei dizer se está zangado ou se vai chorar. Apruma os ombros e grita como um animal ferido.

Depois sai correndo correndo correndo noite adentro.

Timmer e eu o observamos partir. Não nos mexemos.

Atrás de mim, consigo sentir o calor do fogo nas costas, que fica mais forte mais forte mais forte.

Capítulo dezessete

Meu edredom está embolado como sempre. Não consigo me mexer quando acordo. Vou me contorcendo até me sentar. Será que vi mesmo o incêndio do Pra Trás ontem à noite? Timmer abre um dos olhos e me encara. Ainda estou de tênis: deve ser verdade.

Levanto-me depressa demais para olhar pela janela. Estrelinhas cintilam por todo o quarto. As sombras estão ficando mais escuras em torno do galpão. Ele está lá dentro me observando, embora eu não possa vê-lo. Papai provocou o incêndio, mas não queria fazer aquilo. E depois o pegaram no bosque, mas não foi correto. Minha cabeça começa a doer. Seguro-me no peitoril da janela. O Pra Trás está me contando uma história que me deixa zonzo. Será que as sombras ficarão mais caladas na oficina agora que vi o Pra Trás delas, assim como no quarto do Pequeno Mikey? Sinto um arrepio; aquelas labaredas eram quentes e fortes e perigosas.

Albert está no jardim da casa ao lado. Acabou de podar a cerca viva. Mesmo daqui, consigo ver seu sorriso. Ele adora deixar tudo direito e arrumadinho. No jardim dele tudo fica enfileirado e todas as plantas são muito reluzentes e felizes. Nosso jardim não é desse jeito. Não temos um gramado de verdade; a grama forma calombos e há pedaços descampados onde Timmer e eu jogamos bola.

Há meninos brincando no mato-antes-do-pasto — não os rapazes, só outros meninos. Isso me faz dar um pulo. Os rapazes. Dave. Tenho de descobrir quando ele vai ao bar e contar a Ralph. Então Ralph me ajudará a encontrar Papai. Então... Então...

Vamos, Timmer, temos de ir ir ir!

Pat segura meu braço quando passamos correndo pela cozinha.

— Onde é que você vai com tanta pressa?

— Vou fazer um serviço para o funcionário de Cackler. Prometi. — Contorço-me para me soltar.

— Sem o café da manhã, não vai não. — Ela empurra meus ombros para eu me sentar à mesa e me passa um prato com torradas. Enquanto como, ela dá a Timmer seus biscoitos matinais.

Franzo o nariz. Timmer é meu cachorro, não dela! Eu o alimento. É tarefa minha!

— Adorei assistir à TV com você ontem à noite, Mikey. É bom ter companhia. — Pat sorri para mim.

Mordo a torrada com força. Quero que ela me deixe em paz.

— Quer se encontrar comigo depois desse seu serviço? Podemos ir à cidade, comprar alguma coisa juntos.

Sinto um aperto na barriga.

— Não gosto de lojas. — São movimentadas demais, me deixam confuso, deixam minha cabeça escura.

— É, é. — O pescoço de Pat fica corado. — Esqueci. Você gosta mesmo é do ar livre, não é?

Faço que sim. Levanto-me. Quero sair depressa antes que ela pense em outra coisa. Pat me segue até a porta, mas simplesmente continuo andando.

Eu e Timmer subimos a rua juntos. Onde é que vou encontrar Dave, Timmer? Não sei onde os rapazes se encontram porque não me encontro com ninguém, a não ser você, e agora Ralph. Hoje está um calor de rachar. Está tudo tremendo acima do asfalto. Isso se chama miragem ou coisa assim, a Mamãe me contou.

A língua de Timmer está pendurada. Talvez os rapazes estejam por perto, Timmer-meu-cachorro, e aí a gente não precisa ir longe demais. Mas temos de continuar procurando porque Ralph vai achar Papai, então precisamos fazer nossa parte também. Do jeito que prometemos.

— Tudo bem, Michael? — Albert agora está no jardim da frente, arrancando as pétalas escarlates mortas das rosas. — Estavam lindas essas rosas. Você viu?

Sorrio. Não consigo me lembrar. Timmer fareja as pernas dele, balançando o rabo com força.

— É, agora é a vez dos crisântemos. — Ele passa as mãos suavemente nas pétalas amarelas recurvadas. — Todos temos nossa vez de florir, não é?

— É, Albert.

— O que vão fazer hoje neste lindo dia?

— Tentar achar os rapazes. Sabe, Toby e Jim e Dave. O senhor viu?

Albert franze a testa.

— Não são seu tipo, são? Estavam no ponto de ônibus quando fui comprar jornal há pouco. — Ele me olha por um segundo. — Vai tomar cuidado, não vai, rapaz?

Dou-lhe um grande sorriso para que não se preocupe.

— Vou, Albert.

Sigo em direção ao ponto, por trás, para ver lá dentro pelo vidro. Caminhamos devagar. Timmer está ofegante porque faz muito calor. Há duas pessoas lá, de costas para mim. Não consigo ver direito. Os rapazes? Estalo os dedos para que Timmer se aproxime; está quente demais para segurar o pelo dele. Um pouquinho mais perto. Ainda não consigo ver quem são, mas estou começando a sentir o gosto de um vento gelado.

As pessoas são maiores do que os rapazes. São homens, um de frente para o outro, de punhos fechados. Os homens ficam mais nítidos... Um é pequeno, gordo, de chapéu grande — o vagabundo — e o outro é alto e tem cabelo escuro como Papai...

Fecho os olhos, bem apertado. Não quero ver. Não quero saber de Papai e do vagabundo.

— Fiquem longe — choramingo. — Só fiquem longe.

— Oi! — grita alguém atrás. — Com quem você está falando?

Viro-me. São os rapazes. Eles voltaram! Estão sorrindo para mim. São meus parceiros ou não, Timmer? Jim dá um passo à frente.

— De novo na terra dos sonhos, Mikey Mikey?

Com a cabeça, ele aponta o canto do ponto de ônibus onde o vagabundo morava. Olho para lá. Timmer fareja um pouco, depois se afasta. O ponto de ônibus está vazio.

— Você também vê de vez em quando? — pergunto.

Toby está junto de Jim, se apoiando nele. Jim franze a testa até ele se afastar de novo.

— Vejo quem, Mikey-meu-bebê? — Ambos dão sorrisos tortos e avançam. Estão perto demais de mim. Enterro os dedos no meu braço. Dave fica lá atrás.

— As pessoas do Pra Trás! Vocês veem? — pergunto.

— É claro que vemos, Mikey! — diz Toby.

Todos os rapazes riem. Rio também, mas não tenho certeza.

Há um cachorro de rua cinzento andando em nossa direção. Timmer fica ereto, fitando-o. Calma, Timmer! Calma, menino! O cão cinzento se aproxima, para. Timmer vai até ele, devagar, devagar, depois fareja seu traseiro. O cachorro cinzento dá a volta, faz o mesmo com Timmer. Está tudo bem. Volto a respirar. Agora são amigos.

— Ei, olhe lá! — diz Jim, apontando para o telhado vermelho da casa em frente ao ponto de ônibus. — Está vendo, Mikey?

— Quem? — Não vejo ninguém. Estou sendo burro de novo?

— Bem ali, parceiro! — Jim aponta para o mesmo lugar. — Sentado junto da chaminé! — Ele funga, e os olhos se enchem d'água quando diz aquilo.

Estico-me. Não consigo ver ninguém. Olho o telhado da casa ao lado. Nada. O telhado do outro lado. Nada.

Jim balança a cabeça.

— Ah, Mikey-meu-garoto. Você nunca vai conseguir se juntar ao nosso grupo se não consegue nem enxergar direito, não é?

Enrijeço os dedos. Olho com muita atenção. *Onde* é que estão? Por que não consigo ver? Sou tão burro. TÃO BURRO! Não consigo ver nada, só telhas vermelhas em um telhado vazio.

Toby ri.

— Tente de novo, tente aí, Mikey-meu-garoto!

Trinco os dentes e fito e fito e fito.

— Quem está lá em cima?

Jim me dá um tapa nas costas. Ele treme quando fala:

— Papai Noel, parceiro. — Os rapazes explodem numa gargalhada. Timmer dá um pulo.

Fiz alguma coisa errada. Não vejo graça. Será que eles conseguem ver o Pra Trás?

— Achei que vocês quisessem ser meus parceiros — digo.

— É, mas você não para de errar todas as nossas... simples... provinhas, não é? — Jim me bate com força na cabeça quando diz "nossas", "simples" e "provinhas".

É verdade. Não passei na prova da bebida e Ralph teve de me salvar. Ralph? Ralph! Tenho de saber sobre Dave. Dou um tapa em minha própria testa. Quase me esqueci!

— Quando vocês vão de novo ao Cães e Cavalo? — pergunto. — Hoje à noite?

Toby esfrega as mãos e põe o braço nos ombros de Jim. Dave suspira e olha para o outro lado.

— Camaradinha insistente, ele, não é? — diz Toby.

Dave cochicha algo a Jim, mas este o ignora.

— Mas é bem engraçado. Ainda quer entrar para o nosso grupo, Mikey? — pergunta Jim.

Ele põe o braço no ombro de Toby e ambos se inclinam para a frente. Dave fica em pé atrás deles. Parecem muito maneiros e mais velhos.

— Claro! — Bem, *acho* que quero, mas não se for como da última vez.

— Então é hoje à noite. Cães e Cavalo. Prepare-se para a próxima prova, Mikey-meu-bebê. — Jim dá um soco no meu braço. Dói. Não quero outra prova.

— Dave também vai? — Olho para ele por cima dos outros.

Ele enfia as mãos no bolso e chuta a borda da calçada.

— Vou, Mikey. Também vou.

Dave se vira e se afasta do ponto de ônibus, descendo a rua rumo à pequena galeria de lojas. Jim e Toby se entreolham e Toby diz alguma coisa que não consigo escutar. Pulo, transferindo o peso do corpo de um pé a outro. Cochichos que não consigo escutar me deixam sem graça.

— Até mais, Mikey! — Jim levanta a mão aberta para eu bater, mas erro. Ele revira os olhos. Meu rosto queima. Ele sai andando com Toby.

Volto a olhar para o ponto de ônibus. Está vazio, mas o frio chega outra vez. O gelo estala pelo vidro. O Pra Trás ainda está lá à minha espera... esse estranho Pra Trás com gelo. Recuo um passo. Não quero ver, mas sou o único que *consegue* ver...

os rapazes não conseguem. Isso faz com que eu me sinta pesado. Cackler é o único que entende. Cackler e talvez Meg.

Vamos para casa agora, Timmer. Podemos contar a Ralph sobre a ida de Dave ao bar.

— Hoje à noite, você disse, Mikey, no Cães e Cavalo? — Ralph lava as tetas da última vaca na sala de ordenha.

— É.

A vaca bate os cascos. Essa não gosta de ficar presa na baia de ordenha, então ela é a última, para sair logo. Ralph puxa a alavanca e o portãozinho se ergue. A vaca solta um mugido baixo e força para sair.

— Calma aí, menina, caaaaaaaaaaalma aí. — Ralph lhe dá um tapa nas costas quando ela passa.

A vaca se desloca um pouco mais depressa e sai direto do estábulo. Ralph limpa a testa com a manga da blusa.

— Muito bem, Mikey. Muito bem. Isso que é trabalho rápido. — Ele me dá um grande sorriso. — Grande ajuda, viu?

Meu peito fica grande e inflado. Agi bem. Estou fazendo coisas de parceiro. Vamos lá para o sol.

— A que horas vamos, Ralph?

Ralph para e põe a mão no meu ombro.

— Vamos aonde, parceiro?

— Ao bar.

Ele vira a cabeça de lado e não diz nada.

— Sabe, ao Cães e Cavalo, onde vamos encontrar Dave e Toby e Jim. — Dobro e estico as pernas um pouco. — Os rapazes. Vou fazer outra prova para entrar no grupo deles.

— Ah, acho que não é boa ideia, Mikey. Talvez seja melhor você não vir junto dessa vez.

— Por que não?

Ralph me dá um tapinha nas costas.

— É chato, parceiro. Não vou ficar lá muito tempo, de qualquer jeito. Falo pra eles que você disse que iria outra hora. Muito melhor se fizermos outra coisa mais interessante juntos. O que acha?

Ele sorri e as sombras começam a conversar.

— Faremos o quê?

— Sei lá. Pescar, talvez. Ou outra coisa...

— Vamos à praia!

Ralph boceja.

— Claro, que seja a praia, se você quiser.

Borbulhas descem pelas minhas pernas, e dobro-as mais algumas vezes. Ralph levanta uma sobrancelha e começa a atravessar o terreiro. O cascalho é triturado pelos sapatos dele.

— Descobriu alguma coisa sobre Papai?

Ralph para.

— Descobri, parceiro. Você tinha razão, ele não tá mais na prisão. — Ele morde o lábio. — Sua mãe conversou com você sobre ele?

Faço que não.

— Mamãe está na casa da vovó, ela não está bem.

Meus olhos pinicam, então me viro e observo as vacas saírem pelo portão e irem para o pasto. Mas meus olhos estão borrados e não consigo enxergar nada direito.

Ralph me observa de soslaio com muita atenção.

— Sinto muito, Mikey. Mas vou continuar perguntando por aí e ver o que consigo descobrir sobre seu pai. — Ele me dá um tapinha no ombro.

— Ah, tudo bem. Obrigado.

Ralph concorda com a cabeça e vai atrás das vacas para fechar o portão. Lembro-me de Papai gritando feito bicho e correndo para a escuridão depois do incêndio ontem à noite. Estremeço. Timmer dá um latidinho e corre adiante. Ele viu alguém.

— Ei, garoto, você está aí de novo!

É Meg. Ela carrega uma pilha de sacos plásticos e vem em minha direção. Usa uma camiseta justa com coisas escritas em azul.

— Mikey! — Ela baixa os sacos. Sorriso aberto. — Vovô disse que você foi fantástico quando achou a bezerra da Bess! Escondida em Maitley's Dell!

Sorrio.

— Como é que você a encontrou?

Sinto um aperto na barriga. Não posso contar sobre o Pra Trás. Ela vai me achar esquisito.

— Meio que a segui...

— Como? Pelos rastros?

— Mais ou menos...

Meg se inclina para mais perto. Se ela se inclinar mais, vai me tocar.

— Como assim? Vovô disse que você é muito esperto com os bichos.

— Disse mesmo? — Não consigo parar de sorrir.

Ralph tosse ali perto. Levo um susto. Viro-me. Ele está voltando para o barracão — pisca para mim, cumprimenta Meg com a cabeça, dá um tapinha no lado do nariz. Meu rosto queima.

Será que Meg viu aquela piscada gigante de Ralph? Passo de um pé a outro. Ela o olha por cima do meu ombro.

— Você está ficando amigo de Ralph, não é?

— É, ele é meu parceiro. — Esfrego as mãos como Ralph faz. Meg franze a testa. — Ele está me ajudando.

Não posso contar sobre Papai por causa da Regra de Ouro. Minhas mãos estão ficando todas suadas e as passo na camiseta.

Um cacho de cabelo cai no rosto de Meg — espirais de cabelo na frente das sardas.

— Como ele está ajudando você, Mikey?

— Ele está me ajudando a encontrar alguém.

— Quem? — Os olhos dela se arregalam.

O cacho de cabelo balança ao vento. Ouço água correr de uma torneira no barracão, antes de a porta ser fechada.

— Não posso contar — sussurro.

— Ah, tá bom. — Ela olha o chão.

Timmer me observa com olhos tristes. Não adianta, Timmer-meu-cachorro. Mamãe disse montes de vezes que não posso falar de Papai. Não posso!

— Prometi. — Mal consigo ouvir minha voz de tão baixinha.

Meg dá de ombros.

— Tome cuidado, Mikey. Tome cuidado.

— Por quê? Você não é amiga de Ralph?

Meg morde o lábio.

— Ralph só trabalha na fazenda do vovô, Mikey. Isso não quer dizer que seja meu amigo. — Ela espera. — Só me preocupo com você, só isso.

Enrolo a ponta do cinto na mão. Puxo com força. O que ela está dizendo?

— Ralph já me ajudou. Ele é meu parceiro.

O rosto de Meg se fecha. Ela faz um carinho na cabeça de Timmer e depois pega a pilha de sacos de novo.

— Você é que sabe, Mikey. — Os sacos escorregam um pouco, então ela ergue o joelho e os apoia nele enquanto se ajeita. — Preciso ir andando.

— Você ainda é minha amiga, Meg? Não posso te contar, eu prometi. Ralph não é mau, é?

Meg dá de ombros.

— Como eu já disse, apenas tome cuidado, Mikey. — Ela sai andando pelo terreiro e não olha para trás.

Capítulo dezoito

Fico olhando enquanto ela se afasta. Meg não se vira, só continua avançando. Não respondeu se ainda era minha amiga. Não sorriu. Toda sensação legal e feliz dentro de mim vai descendo e descendo pelos meus pés até penetrar no chão, como água entrando no solo. Meg ainda não olhou para trás para me dizer "adeus".

Fico num dos pés, depois no outro. Timmer fareja o capim junto ao mourão da porteira. O que fiz de errado, Timmer-meu-cachorro? Só estava ajudando Ralph. Lá estão as vacas no alto do morro — todas amigas minhas como a Velha Mary e Bess e os bezerros. Meg estava comigo lá em cima. Meg e eu.

Ligam um trator no terreiro atrás dos galpões — Ralph está em ação. Meg tropeça. Os sacos plásticos estão escorregando de novo. O monte é grande demais para ela. Um saco desliza para o chão. Ela quase cai.

— Vou ajudar! — Corro até ela. Timmer é mais rápido do que eu. Chega em um segundo.

— Você ainda está aí! — Meg se vira, surpresa. O cabelo está todo por cima do rosto.

Minhas mãos estão ficando todas grudentas. Isso é ruim? Eu deveria ter ido embora? Pego o saco superdepressa.

— Obrigada, Mikey! — O rosto dela está um pouco corado e suado, e ela me deixa pegar os outros sacos. — Eles são esquisitos de carregar. Só preciso deixá-los naquele anexo lá... Vovô pode arrumar direito quando vier do pasto...

Vou até lá com ela. Meg me olha e sorri.

— É muita gentileza sua! — As sardas parecem sorridentes também. Ela abre a porta e aponta para outra pilha de sacos no chão. — Bem ali em cima, por favor.

— Não queria que você ficasse zangada comigo... — Ponho os sacos no chão.

Os olhos e a boca de Meg ficam grandes e redondos de surpresa.

— Ah, Mikey! — Ela ri, se inclina e me dá um abraço. — Eu não estava *zangada* com você! Só queria ter certeza de que você está bem!

Fico todo formigando. Ela me deu um abraço! ELA ME DEU UM ABRAÇO! Timmer balança o rabo e a língua se pendura da boca. Estou todo ensolarado todo todo todo. Abraço-a com força.

— Ei! — Ela se afasta de novo. — Você é mais forte do que pensa, Mikey! — Ela está rindo.

— Você ainda é minha amiga?

— É *claro* que sou.

Meu sorriso é imenso e minhas pernas começam a fazer a dança do dobra-estica por conta própria. Timmer late para participar.

— Pssssssiu, Timmer! Você vai incomodar os animais. — Meg segura a coleira dele. — Vamos até o jardim beber alguma coisa. Venha! — Ela sorri.

Ainda não fui ao jardim da casa da fazenda. É diferente de estar no pasto e no terreiro; me dá vontade de mostrar meu melhor comportamento. Ponho Timmer na guia para ele ser bem-educado também. Há montes de flores perto da casa, todas de cores diferentes, e depois há grama e algumas árvores mais além, e os juncos ficam atrás delas.

Há uma mesa com alguns copos plásticos virados de cabeça para baixo e limonada numa jarra com tampa. Escolho um copo azul e Meg pega um verde. Fico todo borbulhante por dentro porque tudo parece muito direito. Há uma caixa plástica com cerejas ali também.

— Hummmmm, Mamãe andou colhendo cerejas no pomar. — Meg passa a manga na testa e pega a caixa. — Está um calorão. Vamos nos sentar na sombra.

Caminhamos até as árvores, e Meg se senta debaixo de uma macieira. O sol que passa pelas folhas forma desenhos no chão. Meg se recosta no tronco. A luz agora também dança nas pernas e braços e rosto dela.

— Vovô voltará logo. Ele está lá em cima olhando os bezerros. Há tanto a fazer nessa época do ano... — Ela fecha os olhos. — Rapaz, como estou cansada. Estou em pé desde as cinco e meia.

Bebo a limonada em goles grandes até acabar tudo. Minha língua está nervosa e travando. Quero dizer alguma coisa esperta, mas me sinto só braços e pés grandes, então, em vez disso, como outra cereja. Timmer dá voltas em torno de si na grama alta e se deita. Meg ainda está de olhos fechados. Mexo meu pé até quase tocar a bota dela. Balanço o sapato, mas não deixo que toque o dela. Quero, mas não. Meg dá uma risadinha. Agora ela está com um olho aberto e me observa com olhinhos apertados. Meu rosto fica corado.

Ela se senta ereta e cruza as pernas e toma um pouco de limonada.

— Os juncos estão crescendo bem, não estão? — Ela indica com a cabeça o final do jardim. — O homem da RSPB está contente.

A grama avança mais um pouco em direção ao final do jardim, depois os juncos começam e continuam e continuam e continuam.

— Que homem?

Meg sorri.

— O homem da sociedade de proteção dos pássaros que conversa com vovô sobre os socós no banco de juncos. Alguns juncos crescem na nossa terra, e a maioria está no terreno da reserva, mas todo mundo quer trabalhar junto para ver se os socós ficam. Eles gostam de juncos altos e vovô está fazendo o possível para ajudar.

— Cackler está ajudando a criar um lar para os socós? — Eu me sento bem ereto.

Meg faz que sim:

— É.

Olhando daqui, os juncos são todos ondulados como o mar. Avançam séculos — até o rio, depois somem a distância. Minha socó está lá. Talvez o ninho dela também. Gosto que os juncos estejam altos; vão escondê-la. Cackler está ajudando a deixá-la em segurança.

Meg ri de repente.

— O que você *está* pensando, Mikey? Ficou tão sério!

Chego mais perto.

— Vi uma socó...

Meg se estica. As sobrancelhas sobem.

— Viu? Isso não é justo! Passo o tempo todo nessa fazenda e nunca vi! Só escutei os machos ribombando, como todo mundo...

Encho o peito um pouquinho.

— Eu e ela pescamos juntos às vezes.

Os olhos de Meg estão arregalados.

— Uau, Mikey! Nem o homem da RSPB já viu uma socó por aqui, ele só consegue contar quantos são gravando os machos ribombando, e aí calcula quantas fêmeas podem haver também.

Estou sorrindo tanto que as bochechas doem. Nem o homem especial dos pássaros viu uma socó aqui! Abraço os joelhos com força e bato a ponta dos pés na grama. Olho Meg. Nem acredito que ela está aqui, sentada conversando comigo sobre socós. Jogo uma cereja para o alto e a pego com a boca. Tá dááááá! Sem as mãos! Meu truque de salão.

Meg ri e aplaude. Ela ficou toda faiscante. Sorrio muito muito muito para ela, que ri de novo. Então fico todo borbulhante e enfio um monte de cerejas de uma só vez na boca. Simplesmente as espremo lá dentro. Olho para ela. Mas ela não ri do jeito que os outros riem na escola. Ela franze um pouco a testa. Estou prestes a abrir a boca para mostrar todas as cerejas amassadas, mas aí paro. Acho que ela também não vai rir disso.

Quase ponho a mão sobre a boca quando começo a mastigar.

Meg olha para o outro lado e pega a limonada.

— Mas o homem da RSPB diz que só há um socó macho aqui no momento. Tem uma história legal sobre isso... — diz Meg, dando um gole demorado. — O som dos machos é como uma impressão digital; dá para saber qual é o pássaro pelo barulho que ele faz.

Não posso abrir a boca por causa de todas as cerejas lá dentro. Limpo o queixo na manga. Há montes de sumo, e está escorrendo um pouco.

Meg franze o nariz.

— Mikey!

Dou de ombros para pedir desculpas.

Meg pousa o copo.

— Não importa. O homem da RSPB disse que, quando escutaram o som vindo dos nossos juncos, tiveram uma bela surpresa...

— Qual foi? — Tiro alguns caroços de cereja da boca e os ponho na grama. Agora consigo falar melhor. — Qual foi a surpresa?

Meg sorri e apruma os ombros como se estivesse toda feliz.

— Eles tocaram a gravação, e sabe o que descobriram?

— O quê?

— Eles reconheceram a voz do socó! Já tinham gravado antes. Ele morava em outra reserva natural e depois sumiu. Ninguém sabia para onde ele tinha ido, acharam que tivesse morrido...

— Mas não morreu?

— Não! Ele veio para este campo de juncos!

— Uau! — Acaricio as orelhas de Timmer. — Ele só queria morar em outro lugar. Queria morar aqui.

Meg sorri.

— Talvez você o tenha visto junto do rio. É difícil identificar machos e fêmeas, sabe.

Faço que não.

— Não, acho que minha socó é fêmea. Acho que ela tem um ninho.

Meg mastiga outra cereja devagar.

— Talvez, mas você nunca descobriria o ninho se o tivesse. Ela faz o ninho bem no meio dos juncos, onde ninguém consegue achar. O homem da RSPB disse que a primeira vez que a gente vê os filhotes é quando eles começam a voar.

Há um tinido no portão atrás da gente. Cackler está ali em pé, acenando para nós. Aceno de volta. Cackler sorri e grita:

— Olá, Mikey! Cinco minutos, Meg, depois levo você para casa... — Ele acena de novo e entra.

Meg boceja e pega os copos vazios.

— Hora de eu ir embora, Mikey.

Levanto-me com ela e andamos de volta à casa. Ralph está ao longe, levando o trator de volta para a fazenda. Não quero que ele me veja aqui com Meg. Gosto que sejamos só nós conversando hoje.

— Obrigado pela limonada e pelas cerejas, Meg. — Quero ser correto e bem-educado.

— Você poderia me mostrar onde viu a socó alguma hora?

Dou um soco no ar.

— ISSOOOOO!!!

Meg ri. Cachos e sardas.

— Então nos vemos aqui de novo em breve?

— SIM! — Timmer late quando digo isso. — Em breeeeeeeeeve!! — Cantarolo enquanto corro rumo à porteira e subo o morro do outro lado.

Timmer corre ao meu lado. Minhas pernas estão empolgadas e querem correr para sempre.

Os juncos sussurram lá embaixo perto do rio. Eles continuam por quilômetros e quilômetros. Talvez os socós estejam ali dentro, escondidos, me observando. Desacelero. Olho para trás e vejo que Ralph levou o trator de volta para o terreiro e desceu. Parece que nossa conversa de hoje à tarde ocorreu há séculos. Ele disse que eu estava certo, que Papai não está mais na prisão.

Dou as costas a ele e desço o caminho rumo ao silêncio do rio. Não quero correr mais. Por dentro, me sinto muito mole e, quando falo com Timmer, minha voz mal sai.

— Ouviu o que Meg disse, Timmer-meu-cachorro? Eles acharam que o socó-pai tinha ido embora para sempre, mas não foi. Ele voltou para cá. Está morando aqui em segredo, provavelmente perto da nossa socó. No fim das contas, não estava morto nem perdido.

Capítulo dezenove

Os pássaros dançam no céu quando chego de volta ao rio. Muitos deles, todos juntos. Dançam — para cá, depois para lá — como um cardume de peixes. O céu é grande acima dos pastos e do rio. Grande e azul. Essa é a dança-dos-pássaros-do fim-do-dia. Paro e fico séculos olhando. Deixa minha cabeça toda leve e expandida ao mesmo tempo.

Aqui é perto de onde conheci Ralph. Ele não é mau. Sei que não é. Ele me ajudou com os rapazes. Almoçamos juntos. Ele me mostrou os bichos da fazenda. Está procurando Papai para mim. Por que Meg não gosta dele? Inspiro fundo e fico todo grande e inflado, e então, uuuuuf, solto de novo. Quando faço isso muitas vezes, minha cabeça fica legal e tonta.

Procuro minha socó ao redor. Faz muito tempo que não a vejo. Isso me deixa meio mal. Nuvem cinzenta triste na minha cabeça. Vamos vê-la, Timmer. Vamos agora antes de ir para casa. De repente conseguimos até mesmo ver o socó-pai.

Ando bem devagarzinho pela margem do rio porque tenho de olhar com muita atenção. Ela é tímida, a minha socó. Pode ficar bem na nossa frente, a cabeça apontada para o céu, mas tão parada que às vezes a gente não consegue ver. Timmer está correndo bem longe, rio acima, caçando gaivotas que pousaram lá. Acho que hoje ele não vai incomodar minha socó.

Chego ao meu ponto de pescaria e me sento. O rio me deixa tranquilo. Ele se move depressa. Jogo um graveto na água e o vejo ir embora flutuando. O sol está se pondo e brilha na água. Sol na água. Bonito.

Procuro por minha socó nos juncos, mas não consigo vê-la. Será que ela veio para cá antes do socó-pai? Ou talvez tenha vindo atrás dele. Ou talvez tenham vindo juntos.

Mordo o lábio. Será que dá para usar o Pra Trás para achá-la, assim como fiz com a bezerra desaparecida ou com o nome da agente penitenciária Jane Smith? Sei a resposta: não, porque a socó não quer que eu saiba. É sua vida cotidiana e silenciosa, e ela gosta de ficar escondida. A margem do rio guardaria os segredos dela.

Fecho os olhos e sinto o rio à minha frente como se estivesse ali desde sempre. O Pra Trás também está aqui desde sempre, correndo debaixo de tudo, mas às vezes acho que seus segredos são grandes e fortes demais, e transbordam em poças para eu vê-los.

O bando de pássaros ainda dança no céu. Recosto-me, e o sol bate no meu rosto. Cackler disse que ver esses pedaços de Pra Trás é um dom. Quando observei o Pra Trás no quarto do Pequeno Mikey, as sombras ficaram mais quietas.

A estrela d'alva já saiu — isso significa que logo a lua vai sair também. O vento sopra em meu cabelo.

Colho um dente-de-leão no capim. Um dente-de-leão relógio. Quero ver quantas vezes tenho de soprar para os pelinhos se soltarem. Cada sopro, uma hora: uma, duas, três. Os pelinhos do dente-de-leão flutuam ao vento, pousam no rio e são puxados torrente abaixo. Ficam presos nas raízes do salgueiro. Ali é outro lugar onde as sombras são barulhentas. Ali é o lugar onde nunca pesco. Levanto-me e passo pela ponte em direção a ele, do outro lado do rio. Mas devagar.

Sem chegar muito perto.

Ainda não.

O vento sussurra nas folhas. A luz do sol ainda dança na água. Dou um passo mais para perto. Esse lugar tem sombras, mas não tão escuras quanto as do lugar onde o vagabundo morreu. Inclino-me mais um pouco — lá longe, alguém ri, ri no Pra Trás. Um menino. Um menininho. Dou mais um passo à frente. O mundo rodopia.

O Pequeno Mikey ri de novo. Está sentado junto ao rio, nas raízes do salgueiro. Abriu a caixa plástica de larvas. Elas se contorcem e se espremem. O Pequeno Mikey põe o dedo nelas.

— Uuuuuui! — Ele guincha e ri. — São nojeeeeentas! — Ele põe outros dedos nelas e remexe.

— AH, MIKEY!

Pulo como se alguém tivesse acabado de me bater.

É Papai. Está sentado ao lado do meu outro eu.

— Tire as mãos dessa caixa. Quantas vezes...?

Viro-me.

Papai balança a cabeça, mas os olhos estão sorridentes. Está pescando, mas também vigia o Pequeno Mickey com o canto do olho.

— Ahhhhhh! — O Pequeno Mikey inclina a cabeça para o lado como Timmer quando faz cara de fome. — Por favooooooooor, Papai... Deixe eu pôr outra no anzol?

Ele consegue falar mais depressa do que eu, o Pequeno Mikey. Sinto um nó na garganta que não desce. Agora me lembro: quando eu era o Pequeno Mikey, adorava pescar com Papai. Tento engolir de novo. Adorava mesmo.

Papai balança a cabeça, porém está sorrindo. Equilibra a vara entre duas pedras e vai até o Pequeno Mikey, soltando um suspiro grande e fingido.

— Só mais uma, Mikey, mas você vai ter de ir brincar no pasto quando meu amigo chegar. Tudo bem?

O Pequeno Mikey sorri quando Papai estende a mão para a vara e depois se inclina por cima do ombro dele. Papai tira uma larva da caixa. Parece pequena nos seus dedos grandes. O Pequeno Mikey põe os braços em torno do pescoço de Papai para ver melhor. Ele para, vira-se para o Pequeno Mikey e lhe dá um beijo no rosto, como se não conseguisse se controlar.

— Ei, o que é aquilo? — Papai segura o nariz. — Argh! Mikey, veja! Veja o que eu achei! — Ele finge puxar a larva do nariz.

O Pequeno Mikey grita e dá um soco no braço de Papai.

— Monstro larva! Monstro larva!!

Ambos bufam de tanto rir, e o Pequeno Mikey bate os pés no chão com força. O vento sopra nos galhos do salgueiro e as folhas suspiram. O Pequeno Mikey olha para cima e sorri para Papai, que olha pra baixo e sorri para o Pequeno Mikey. Cachos escuros e cachos louros. Papai e Pequeno Mikey. Pequeno Mikey e Papai.

Quero pôr os braços em torno deles para sermos um grande círculo juntos, mas não posso — estou muito longe no Agora.

— Estão se divertindo, vocês dois?

Ambos damos um pulo e nos viramos. Um homem está em pé atrás da árvore. Nenhum de nós o ouviu chegar.

Arquejo quando vejo quem é.

É o outro homem da foto com Papai e Ralph na oficina. Hoje está de macacão azul, todo sujo de manchas de óleo. Aproxima-se e se senta ao lado de Papai, se apoiando nas mãos. O gelo estala pelo capim quando ele se senta.

Eu o conheço, sei que o conheço. Olho o rosto — *aqueles olhos azuis, aquele nariz grande e esponjoso.* Quem é ele? Puxo os joelhos e os abraço, bem apertado. O frio corta meus dedos.

— Terminamos isso depois, seja um bom menino, Mikey. Vá correr uns cinco minutinhos, tudo bem?

O Pequeno Mikey se levanta, sorri para os homens, tira uma bola de futebol da sacola de pescaria e a chuta para o pasto. Os homens o observam correr atrás dela.

— Então hoje é o dia, Stuart. — O homem sorri para Papai. — Tudo bem? Pronto para começar?

Papai pega a vara e lança a linha outra vez.

Procuro a socó, mas ela não pertence a esse Pra Trás.

No entanto, o bando de pássaros ainda dança no céu. Papai os observa um minutinho, depois umedece os lábios.

— Você vai acertar as contas comigo, não é, Bill?

— É claro. Já te disse. A gente se encontra no bosque depois e tiro você daqui rapidinho — diz o homem em voz baixa.

— E o dinheiro?

— Vou pagar, confie em mim. Sei o que isso significa para você e para os seus. Eu mesmo vou te entregar, parceiro.

Papai não diz nada. Fita a água durante muito tempo. O homem espera, também sem dizer nada. O rio ouve tudo, mas continua a fluir. Ouço o Pequeno Mikey correndo no pasto atrás de mim.

Timmer corre ao lado dele.

— Fará uma enorme diferença para você e para sua esposa, Stuart, e para aquele garoto de vocês. Pense só no que poderiam fazer com o dinheiro.

Papai morde o lábio.

— Não está querendo mudar de ideia agora, está? Você sabe que estarei esperando por você bem aqui, não sabe?

O homem se inclina e põe a mão no braço de Papai. Ele e Papai se entreolham por um momento. O homem sorri. Papai relaxa e sorri de volta.

— Sei, é claro. Só estou nervoso, só isso.

— Bom rapaz. — O homem lhe dá um tapinha nas costas. — Vamos dar uma festa de arromba quando tudo acabar. Você é meu braço direito. O melhor de todos.

Papai ri.

— Qualquer problema, me avise. Caso contrário, nos vemos no bosque hoje à noite. — O homem ofega um pouco quando se levanta.

Papai não se levanta. Passa o dedo de leve pela vara de pescar. Sua mão está tremendo.

— Até mais, Bill — diz, baixinho.

O homem vai embora. Observo-o enquanto se afasta pela margem do rio. Ele tem um andar de sobe e desce e o pé direito não funciona direito. Eu não tinha notado isso.

Papai puxa um cigarro do bolso da camisa e o acende. Vira-se e observa o Pequeno Mikey dar chutes de caratê. Os olhos estão cheios d'água. Ele dá um trago no cigarro e depois sussurra como se tivesse um nó na garganta.

— Estou fazendo isso por você, Mikey-meu-menino. Por você, por mim e por Mamãe.

O vento sopra a fumaça do cigarro para a frente de seu rosto e por um minuto não consigo vê-lo direito. Mas sei o que está fazendo. Está se escondendo atrás dela, se escondendo como a minha socó.

Atrás de mim, Bill está indo embora.

Enrolo a bainha da camiseta nas mãos, desenrolo, enrolo, desenrolo. Não consigo ficar parado. Esse é Bill, o homem que Papai estava procurando no bosque quando os preto-e--brancos foram buscá-lo. Minha cabeça está ficando escura. Trinco os dentes. Quero gritar com Papai, berrar na cara dele, mas ele não consegue me ouvir no Pra Trás. Ele não consegue me ouvir. Puxo o cabelo. Bato nas pernas. Chuto o capim com força com força com força.

Ele não vai esperar por você, Papai! Vai dar tudo errado!

Bill está mentindo!

ELE É UM BAITA DE UM MENTIROSO!

Capítulo vinte

Papai fez isso por nós. Foi o que acabou de dizer. Ele provocou o incêndio por Mamãe e por mim para que tivéssemos um pouco mais de dinheiro.

Há nuvens de trovoada rodopiando na minha cabeça enquanto volto para casa. Papai era um pouquinho bonzinho também? Mesmo tendo ido para a prisão? Mesmo que tenha matado o vagabundo? Solto um gemido. Quero impedi-lo, dizer para ele não ir. Puxo o cabelo COM FORÇA. Não posso mudar o Pra Trás — Papai provoca o incêndio, é capturado no bosque, abandona Mamãe e a mim —, então o que fazer? O QUE FAZER?

Sinto dor atrás dos olhos, como se tivesse tomado sorvete demais. Sacudo a cabeça para tentar clareá-la, mas ela ainda está toda bagunçada com nuvens negras.

Quero conversar com Mamãe. Mas ela não está aqui. Ninguém está na droga do lugar certo, não é?

O sol já está quase sumindo. As estrelas estão aparecendo. Há uma lua curva, um sorriso de lado no céu. Está rindo de mim. Timmer anda ao meu lado. Sabe que não o quero longe. Chegamos à beira do pasto, pouco antes do mato, e um homem atrás de mim grita. Levo um susto.

— Mikey!

Dou meia-volta. Timmer fica todo tenso e rosna. Seguro a coleira dele. Minha mão treme. O homem é alto. Não consigo ver seu rosto. É uma sombra que sai da escuridão e desperta as sombras em minha cabeça. Vejo as botas se aproximando. Ombros grandes. A cicatriz dói. Não pode ser...

— Mikey!

Papai?

Ele dá um passo à frente. Eu me afasto. Timmer tenta avançar nele e tenho de bloqueá-lo com os calcanhares para impedir. Timmer é forte, ah, se é. Muito forte.

— Sou eu, Ralph!

Respiro fundo. Ele ri.

— Assustei você, foi?

— Onde estava?

Ainda não consigo ver seu rosto. Ele está ofegante, como se tivesse corrido.

— Acabei de fazer uma visitinha ao nosso amigo Dave... Obrigado pela ajuda, Mikey. — Ralph faz uma pequena reverência. — Gostaria de beber alguma coisa comigo, já que agora é meu parceiro?

Viu, Meg? Eu disse que Ralph era legal. É um bom sujeito, quer me levar para beber como um parceiro de verdade. Preciso de um parceiro hoje, depois daquela... daquela coisa no rio.

— Vai ser legal! No Cães e Cavalo?

— Não, já passei lá hoje mais cedo. É chato. Pego você na esquina perto da banca de jornal e vamos ao Leão ou coisa assim, que tal? Experimentar algo novo? Um agradecimento especial pro meu parceiro especial?

— Claro!

Ainda não consigo ver o rosto dele direito porque está de costas para a lua. Ele me dá um tapinha no ombro.

— Então vejo você daqui a meia hora, Mikey. — Ele vê Timmer. — Rá! — Ralph bate o pé com força perto da pata dele.

Timmer pula nele e tenho de puxá-lo para trás. Calma, rapaz, caaaaaalma, rapaz. Fito Ralph. Estou de boca aberta.

— Desculpa, Mikey! — Ralph levanta as mãos num gesto mãos-ao-alto. — Eu só queria brincar com seu cachorro.

Timmer rosna e lhe acaricio a orelha. Ele não queria deixar você nervoso, Timmer-meu-cachorro. Tudo bem.

— Até mais, Mikey! — Ralph espera que eu erga os olhos e sorria, depois dá meia-volta e some de volta no negrume.

Pat está na cama quando chego em casa. Acena para mim debaixo do edredom. Está assistindo à TV *de novo*. Há montes de papéis de bala sobre o edredom, como flocos de neve nas cores do arco-íris. Ela começa a catá-los quando entro, fica meio corada.

— Olá, forasteiro! Foi um dia bom com seu colega?

— Foi legal! Fui à fazenda. Vou sair com ele de novo agora à noite. — Pulo de um pé a outro.

— O amigo de Cackler? — Pat joga os papéis de bala no lixo.

— É. — Cutuco a borda franjada do abajur perto da porta. Faço-a passar sobre meus dedos.

— Você devia convidá-lo para um drinque, Mikey. Aí eu poderia dizer "oi".

Aperto os dedos. Não quero que Pat conheça Ralph. Não está certo.

— Ele vem me buscar na esquina. Talvez numa próxima vez. — Remexo os pés um pouco. Não quero conversar demais com Pat, mas minha cabeça não para de zumbir depois do que aconteceu hoje. — Posso te perguntar uma coisa?

Ela se senta, dá um sorriso bem grande. Dou um passo atrás.

— É claro. O que é?

— A gente não pode mudar o que aconteceu, pode?

— Aaaaaaaa, Mikey! — Ela franze a testa. — Você fez alguma coisa que gostaria de não ter feito?

— NÃO! Eu não sou mau! Só queria mudar uma coisa que outra pessoa fez.

Ela gira o anel no dedo.

— E todos não queremos, Mikey? — Ela me oferece um sorriso triste. — A gente não pode mudar nada, não. Só pode aprender com os erros dos outros, Mikey, para agir melhor depois.

Deixei o abajur torto, então o ajeito.

— Quer conversar sobre alguma coisa? — Ela me olha de soslaio.

Faço que não.

— Não, não.

— Tem certeza?

Balanço a cabeça de novo.

Ela boceja.

— Vou ficar acordada até você chegar, então não demore muito, rapazinho, tudo bem?

— Tudo bem.

Ralph dirige muito depressa. Abro a janela e o vento é forte. Ele sorri, mas os olhos estão arregalados e faíscam, porém não de um jeito sorridente. Ele segura o volante com força e se inclina para a frente.

— Sou o Rei da Estrada, Mikey! — berra, e acelera.

É uma estradinha vicinal sinuosa. Cerca viva dos dois lados dos faróis. Curvas retorcidas. Firmo os pés no chão. Meu coração está barulhento. Timmer gane no banco de trás. Ralph freia com força. Há um Volvo na frente, indo bem devagar.

— O REI da ESTRADA! — Ralph engrena a segunda, e o motor grita quando ele acelera.

Não há espaço. Vem um carro no sentido contrário. Ralph enfia o pé no acelerador. Sento-me sobre minhas mãos. Os faróis lampejam. Meus dentes doem. Ultrapassamos o Volvo. O outro veículo freia. Estamos de volta ao lado direito da estrada.

— Uuuuu-huuuuu! — Ralph ri.

O outro carro buzina. Enfio os dedos num buraco do banco debaixo da minha perna. Ralph dá um soco no teto do carro.

— Tudo bem aí, Mikey? Passeio emocionante, hein? — Ele dá uma piscadela.

A placa do Leão Vermelho pisca sob os faróis. Saímos da estrada. As rodas esmagam o cascalho e paramos. Estou com um nó no estômago.

— Uma caneca de cerveja? Você é menor de idade, então nos sentaremos no jardim. Tudo bem, parceiro?

— Tudo bem!

Ponho a guia em Timmer. As orelhas dele estão coladas para trás e dá para ver o branco de seus olhos. Uma caneca de cerveja. Como um dos rapazes. Ralph é tão legal. Ele acabou de entrar no bar. Minhas mãos ainda tremem.

Timmer e eu damos a volta até o jardim nos fundos. Ninguém mais está sentado ali fora. Escolho uma mesa bem escondida. Ralph sorri quando empurra a cerveja para mim.

— À diversão! — Ele levanta o copo também. Brindamos.

— À diversão!

Ralph puxa um maço de cigarros do bolso da camisa, me oferece um, mas não fumo, então o acende. O cheiro me lembra Mamãe e seus lenços de papel e todas aquelas fotos antigas. Dou um longo gole na cerveja. Tem gosto de coisa de adulto. Não gosto e faz os meus olhos lacrimejarem, mas dou outro mesmo assim. O sabor é melhor do que quando os rapazes me fazem beber; como quando tomei aquela cerveja com Ralph na fazenda.

— E aí, como tá a vida? — Ralph me olha por cima da caneca.

— Tudo bem. — Bebo um longo gole, mas estou nervoso e um pouco de cerveja escorre pelo queixo.

Ralph lambe os lábios e sorri.

Ambos bebemos de novo. Eu me sinto um homem de verdade. Uma bebida de verdade.

— Então, mais algum problema com os rapazes, Mikey?

Faço que não. Problema nenhum.

— Isso é bom. Resolvo pra você se tiver.

Bebo mais um pouco. O gosto é cada vez melhor. Minhas pernas estão ficando engraçadas e bambas. A cerveja borbulha na minha língua. Ralph ri. O rosto dele está corado e brilhante. Bebo bebo bebo mais um pouco. As sombras nas árvores têm rostos. A mesa está se inclinando.

Olho para Ralph. Papai está sentado ali. Camiseta preta, rosto rosado. Sorri para mim. O mundo gira. Não há gelo em lugar nenhum dessa vez. Acho que isso não é o Pra Trás. Acho que está saindo da minha própria cabeça.

— Hora de cuidar um pouco de você, Mikey — diz Papai-Ralph.

Os olhos dele cintilam como cintilavam quando ele ia implicar comigo na época que eu era garotinho. Meneio a cabeça lentamente e consigo ouvir meus pensamentos raspando uns nos outros quando me mexo. Fecho os olhos e mantenho a cabeça parada.

— Estou contente porque você pôde sair hoje.

Papai-Ralph estende a mão. Encolho o corpo. Ele sorri e me dá um soquinho. Minha boca se estica um pouco num sorriso, mas o meu rosto está esquisito.

Ele bebe um gole.

— Gostaria de saber se você me faria um favor. Acabei de ser passado pra trás por... por... por alguém...

Ele se curva em minha direção. Sinto o cheiro da loção pós-barba de Papai. A minha cicatriz dói e dói. Papai foi passado para trás por alguém; era aquele homem do bosque, Bill.

— Gosta de fogo, Mikey? Sabe, fogueira?

Eu me lembro da Noite das Fogueiras. Consigo ver as chamas. Consigo ver o Pequeno Mikey. Sopa quente de tomate numa caneca. Noite de Guy Fawkes. Papai acendendo velas de estrelinhas na fogueira.

— Adoro! — Minha voz não parece minha.

Papai-Ralph pisca para mim e se inclina mais para a frente, como se fosse me contar um segredo muito especial. Na minha cabeça, vejo o Pequeno Mikey rindo e desenhando círculos no céu noturno com as estrelinhas. Prendo a respiração. Vejo o Pequeno Mikey *dentro* de mim.

— Preciso que acendam uma fogueira. O que acha?

Timmer se encosta em mim e sinto seu rosnado na minha perna. Desço a mão para tocá-lo e os pelos da nuca estão eriçados. Não fique desse jeito, rapaz.

— Como assim?

— Só preciso que você derrame um pouco de gasolina no lugar e acenda alguns fósforos. Só leva uns minutinhos. Depois você deixa o resto comigo.

— Hein?

— É só um prédio vazio, Mikey. Não vai fazer mal a ninguém. E vai ser divertido. Uma fogueira só sua.

O mundo para de rodopiar e fica imóvel. Não consigo ouvir direito.

— Um incêndio?

— Pode ser, se você prefere chamar assim.

Ralph quer que eu provoque um incêndio. Como Papai. Fecho os olhos. Isso está errado. Ele se inclina, batuca os dedos na mesa. O barulho golpeia minha cabeça. Abro os olhos. Ele é Papai-Ralph de novo. Os rostos sombrios se mexem, chegam mais perto.

— Sei que não deu certo com seu pai, mas ele achou que não teria problema provocar um incêndio, não foi? Por isso fez aquilo. Ele era um bom homem, não era?

Sento-me sobre minhas mãos. Minha cabeça está confusa.

— E você sabe que sou seu parceiro, não sabe? Vou ajudar você e vou cuidar pra que dê tudo certo. Como lá no bar com os rapazes. Vai ser diferente do que o que seu pai fez na oficina; é só uma fogueirinha numa casa, só isso.

Não posso mudar o Pra Trás; não posso salvar Papai dos preto-e-brancos. Mas talvez consiga fazer certo dessa vez, como Pat disse. Talvez. Posso fazer uma fogueira especial só para Papai. Bill deixou Papai na mão, mas Ralph cuidará de mim.

Que tudo queime. Fumaça. Sinto cheiro de fumaça, e ela enche meus olhos d'água. Tomo um gole de cerveja, e ela borbulha na minha garganta. Imagino Papai atiçando a fogueira com o forcado do jardim; o rosto está iluminado pelas chamas. Ele se vira e sorri para mim porque sou seu menino, então ele se vira de novo e se curva para acender fogos de artifício. Imagino tudo isso dentro de mim.

Dentro, não fora.

— Olha, e vai valer a pena. Um dinheirinho pra você. Viagem à praia. O que acha?

Os fogos de artifício explodem no céu da noite e se estilhaçam em mil luzinhas minúsculas, como estrelas quebradas e perdidas caindo na terra. Papai-Ralph me olha, esperando.

— É!

Os rostos-sombras agora estão atentos e começam a rir de mim, mostrando os dentes brancos brancos. Papai-Ralph se inclina à frente e sorri.

— Esse é o meu menino.

Capítulo vinte e um

— Como foi, Mikey? — cantarola Pat de seu quarto quando chego em casa.

Estou enjoado. A cabeça ainda gira. Timmer fica perto.

— Tudo bem. — Seguro-me na balaustrada no alto da escada. Mamãe me mataria se me pegasse assim. Nada de bebidas por causa da minha cabeça. Nada de cerveja para Mikey. — Mas agora vou dormir.

— Trancou tudo?

— Tranquei!

— Então bons sonhos, querido.

Há um clique quando ela apaga a luz. O quarto dela está escuro agora. Desabo na cama. Não acendo luz nenhuma porque tenho a lâmpada da rua lá fora.

Meus sonhos são todos turvos. Fumaça. Fogo. Papai. Ralph. Vagabundo. Rodopiando e se contorcendo e queimando. Minha boca está seca. Timmer está perto. Não consigo me mexer. As sombras têm pernas e me perseguem. Mãos escuras muito quentes. Puxam-me para trás, para trás, para trás, para o galpão. Minha cabeça está latejando. A porta reluzente da prisão se fecha.

Acordo. Estou suando.

Ontem à noite eu disse que ajudaria Ralph a provocar um incêndio.

No café da manhã, os flocos de milho estalam alto demais em meus ouvidos. Papai provocou um e não foi bom. Mas ele fez isso por Mamãe e por mim, não foi? Não foi? E Ralph é meu parceiro. Ele me ajuda, e saímos para beber ontem à noite.

Dou meia-volta porque escuto Timmer, mas quando me mexo o golpe é forte na minha cabeça, atrás dos olhos. Ele está trazendo o chinelo de Mamãe na boca, larga-o no piso da cozinha. Quer brincar. O rabo bate no chão. Jogo-o perto da porta da cozinha, junto à lata de lixo. Timmer desliza pelo assoalho, o traz de volta, larga de novo. Babou o chinelo todo. Não quero brincar hoje, Timmer.

Pat deixou uma lista de compras para mim, dobrada e enfiada debaixo do cinzeiro de tartaruga. Ela vai trabalhar no supermercado hoje. Não quero pegá-la porque está me dando preocupação na barriga. Mamãe escreve as palavras do que quer, mas às vezes fico todo confuso na frente do balconista, então ela também faz um desenhinho. Não sei se Pat sabe disso. Queria que Mamãe estivesse aqui. Pego o prato e bebo o restinho de leite. Timmer inclina a cabeça. Está me observando, o chinelo entre as patas. Acha que ela vai *mesmo* voltar logo, Timmer-meu-cachorro?

Ele balança o rabo. Talvez seja um bom sinal.

Desdobro a lista com a ponta da colher. Ufa! Pat se lembrou de fazer direito. Três cenouras grandes em fila. Uma caixa de leite. Quatro bolos com cerejas em cima. Ela desenhou uma figurinha minha no pé da lista: estou comendo um dos bolos no caminho de casa. Ela fez isso para que eu sorrisse. E porque vou comer o bolo também; não dá para não comer.

É melhor irmos buscar as coisas para ela, Timmer. Hoje sairemos pela porta da frente. Passeamos depois. Pego a lista e as chaves e a guia de Timmer. Hora de ir.

Os homens do caminhão estão recolhendo o lixo na rua. Big Rick pega os sacos na frente da nossa casa. Ele era da minha escola especial até o ano passado.

— Olá, Mikey! — Ele balança três sacos grandes sobre o ombro como se fossem plumas e sorri para mim.

— Você perdeu os dentes! — Há uma falha na frente da boca.

Ele dá um sorriso ainda maior.

— Brigas demais, Mikey-Mikey!

A traseira do caminhão se abre e ele joga os sacos lá dentro.

— A gente se vê. Não se meta em encrencas, viu?

O caminhão de lixo vai embora. Eu *vou* me meter em encrencas, Timmer? Big Rick pisca para mim e pega os sacos seguintes.

— Atéééééé maaaaaaiiiiiis! — cantarolo para ele.

— Atéééééé maaaaaaiiiiiis — cantarola alguém atrás de mim.

Viro-me. São Toby e Jim.

— Atéééééé maaaaaaiiiiiis, Mikey. Atéééééé maaaaaaiiiiiis. — Depois, uma explosão de gargalhadas.

— Aquele é um dos seus colegas da Escooooooola Leeeeeeeeeeeenta?

Jim faz uma dancinha, subindo e descendo o meio-fio. O cinto tilinta. Toby põe os polegares nos passadores de cinto da calça jeans e ri. Viro-me e me afasto deles, seguindo em direção à loja. Ainda bem que estava com Ralph e não com eles ontem à noite.

— Aaaaaaah, Mikey-Mikey, não seja assim! — Jim corre para me alcançar. Joga o braço por cima do meu ombro. Cerro os dedos. Ele me aperta. Paro. Solto um resmungo. Jim se afasta um passo, as mãos levantadas.

— Ei, só estava brincando! — Ele revira os olhos para Toby. — Cadê o senso de humor hoje?

Toby balança a cabeça e faz tsc tsc para mim com olhos cintilantes. Não gosto quando são só Toby e Jim.

— Cadê Dave?

Os rapazes se entreolham. Param de sorrir.

— Ele não está bem — diz Jim.

— Sofreu um acidente — completa Toby.

Paro de andar e me viro para olhar os dois. Eles não estão me sacaneando. Há um barulho engraçado de vento nos meus ouvidos. Encosto-me na parede.

— Quando?

Jim pigarreia.

— Ontem à noite... ele... O médico diz que logo estará em pé de novo.

— Gosto de Dave.

— Gosto de Dave. — Toby me imita com voz de bebê e faz uma careta. Jim o ignora. Toby cora um pouco.

— Ele é um bom rapaz — diz Jim, assentindo.

— O que aconteceu com ele? — Gosto *mesmo* de Dave. Cara alegre. Sorriso torto. Franzo o nariz. Como posso ajudar? — Ralph estava procurando por ele ontem à noite. Ele é meu parceiro. — Os rapazes levam um susto quando digo isso. Encho o peito. Estão vendo, rapazes? Também tenho um parceiro! — Talvez ele cuide de Dave se eu pedir.

Os rapazes se entreolham. O caminhão de Big Rick desce a rua. Ele buzina quando me vê e acena ao passar. Aceno também. Toby tosse.

— Dave vai te contar o que aconteceu quando sair do hospital. — Jim suga os dentes, os olhos semicerrados.

Ele está com uma cara esquisita. Não sei o que quer dizer. Dá um soco no meu braço e sai andando.

— Atéééééé maaaaaaiiiiiis, Mikey! — Ele arria a calça e me mostra a bunda.

Toby solta uma risada e corre atrás dele.

— É, atéééééééé maaaaaaaaaiiiiiiiiis!

Timmer rosna e me segue quando saio em direção à loja. Arrasto os pés.

Levo um tempão para escolher os bolos na loja. É minha parte favorita das compras. O homem da loja não tem nenhum bolo com cereja em cima como está na lista de Pat, então isso significa que posso escolher: foi o que disse o homem da loja. Pego uma rosquinha com cobertura branca e confeitos da cor do arco-íris, um muffin de chocolate, outro de aveia e um bombom de rum. Mas o muffin de chocolate é meu, para eu comer a caminho de casa. Se eu soubesse onde Dave mora, poderia levar um para ele também.

A calçada está rachada e tomo o cuidado de bater o pé em todos os pedacinhos entre as rachaduras enquanto ando. O bolo é gostoso; faz eu me sentir melhor. Timmer está ficando irritado porque assim vou mais devagar, e porque não lhe dei nada para comer. Vou dar alguns biscoitos de cachorro quando chegarmos em casa, Timmer.

Fico longe do ponto de ônibus no caminho de volta. Mesmo estando do outro lado da rua, consigo ver que o vidro está coberto de gelo, que racha e se mexe para me obrigar a olhar. Dou uma olhadela rápida — **os dois homens ainda estão lá, em forma de vagabundo, em forma de Papai...** Saio de perto depressa, depressa, depressa. Não quero ver.

Minha cabeça começa a doer. O vagabundo está morto. Dave está doente. Mamãe está doente. Não sei onde Papai está, mas não é na prisão. Ando ainda mais depressa. Os rapazes estão lá na frente. Entro no beco porque não quero me encontrar com eles de novo. Timmer olha para cima, trotando ao meu lado. Ele não gosta quando fico assim. Vou mais devagar e me sento no meio-fio, puxo Timmer para mim. Ele gane e descansa a cabeça no meu joelho. Respiro fundo, e faz tanto frio que meu nariz arde. Solto fumaça de dragão.

Respiração de inverno num dia de verão.

Fico imóvel. Consigo sentir alguém me fitando. Não quero olhar. O beco fica perto do terreno da antiga oficina. Entramos ali por acaso. Dou uma olhada para os lados.

Há um homem, todo agachado, na ponta do beco. Está me fitando.

Fito de volta. Meu coração bate depressa depressa depressa.

É o vagabundo.

Atrás dele, as sombras do terreno da velha oficina estão acordando. O Pra Trás da oficina ainda não acabou.

O vagabundo se afasta, sobe a rua um pouquinho, de costas para mim. Chapéu grande e molengo. Casaco preto e comprido.

É engraçado, mas nunca o vi andando de verdade. Ele estava sempre sentado em algum lugar. Não vou atrás dele, Timmer. Só quero ver os Pra Trás legais, como Papai e o Pequeno Mikey junto do rio, ou o bezerro nascendo.

O vagabundo continua avançando, mas é lento. Ele tem um andar de sobe e desce. Tem alguma coisa errada com o pé direito.

Eu me sento bem ereto.

Outra pessoa tinha um andar de sobe e desce. Quem era, Timmer, quem era? Nós o vimos outro dia... Minhas mãos ficam suadas. Timmer me olha e gane.

Era o mecânico Bill malvado. Nós o vimos perto do rio.

Largo a sacola de compras. As cenouras rolam pela calçada. Fico tonto. O mesmo andar. O mesmo narigão esponjoso. Ambos com cabelo preto crespo. Meu peito se aperta aperta aperta. O vagabundo era o mecânico Bill malvado? A mesma pessoa?

As sombras dançam, pisoteando minha cabeça com suas botas. Botas barulhentas. Vejo o vagabundo se contorcendo para sair da cadeira de jardim quebrada. O rosto apavorado de Papai no bosque, procurando Bill. As grandes botas barulhentas de Papai chutando chutando chutando...

Cruzo os braços com força com força com força.

Papai. Papai.

Era você, afinal de contas, não era? Estava se vingando de Bill por largar você no bosque, não era?

Capítulo vinte e dois

O vagabundo-mecânico trabalhava com Papai e Ralph. Eles todos se conheciam. O gelo se prende nas minhas narinas e na minha barriga. Eu não sabia. Eu não sabia. Eu não sabia. Mas estou começando a entender pouco a pouco. *Estou.*

O vagabundo está quase na esquina da rua agora, caminhando com seu andar de sobe e desce.

Vou atrás com Timmer. Cerro os punhos. Ele enganou Papai, deixou que a polícia o pegasse, e Papai só provocou o incêndio por mim e por Mamãe. Minhas pernas começam a correr sozinhas.

Todos os rostos deles se misturam na minha cabeça como ovos mexidos... vagabundo... Papai... Ralph... mecânico. O mundo gira e cambaleia e me seguro em Timmer porque ele é a única coisa que parece estar mesmo no Agora.

O vagabundo vai mais devagar. Estamos perto da oficina queimada. É para lá que vai. Ele para e olha. Era aí que ele

era Bill, o mecânico. Ele fede a xixi e aguardente. A cara está suja. O cuspe pinga na barba.

Inclino-me bem junto dele até quase tocar o nariz roxo e esponjoso e coloco o dedo na cara dele.

— Você prometeu a Papai que cuidaria dele. — A minha voz parece o rosnado de Timmer. — Você prometeu que daria dinheiro. Mas não cuidou. Você deixou os preto-e-brancos pegarem ele.

O vagabundo não pode me ouvir. Estendo a mão para o ombro dele, mas meu braço só passa direto.

Ele levanta a mão suja e limpa o rosto sujo. Funga. Está chorando. Observa a oficina queimada e chora. Consegue ver o Pra Trás também, vagabundo? Consegue ver também?

Ele funga de novo. Puxa uma garrafa de dentro do casaco preto e sujo. Começa a beber. Não aos pouquinhos. Grandes goles como se tivesse muita sede. Os olhos dele vacilam. Ele arrota e entra na rua. Uma senhora vem passando com um carrinho de bebê vermelho.

— O incêêêêêêêndio! — sibila ele. Os olhos estão vermelhos.

A senhora levanta a cabeça de repente. Põe a mão na frente do rosto do bebê adormecido como se não quisesse que ele visse aquilo.

O vagabundo se inclina na direção dela e cambaleia enquanto aponta o terreno vazio da oficina.

— As chaaaaaamasssssssssssssss!

A senhora não olha para ele. Empurra o carrinho para longe e anda mais depressa.

— Shhhhhhhhhhhhh! — Ele leva o dedo sujo aos lábios quando ela passa. — Shhhhhhhhhhhhh! — Ele se inclina para ela como se contasse um segredo, mas a voz é alta. — Não conte... não pode contar. — Ele balança a cabeça.

Sento-me na pilha de escombros na borda de onde ficava a oficina. Os rodopios do Pra Trás me puxam mais para trás.

O vagabundo ainda está inclinado para a frente, mas também está sumindo.

O formato da oficina queimada no chão é uma grande boca aberta que tenta me sugar.

Ponho os braços em torno do pescoço de Timmer e firmo os dedos com força. Quero ver o que aconteceu aqui. Ah, como quero ver o que Bill fez com meu pai!

É noite. Ralph e o vagabundo-mecânico estão sentados numa mesinha dentro da oficina tomando cerveja. Há papéis em cima da mesa toda. Papéis com números. Um rádio toca música. Cadê Papai? Dou um giro. Fico tonto, mas o vejo. Bom, vejo um pedacinho dele. As pernas estão saindo de debaixo de um Morris Minor branco. Reconheço as meias listradas de laranja e roxo. Dei a ele de Natal certa vez. Eu mesmo escolhi. Ele cantarola a música do rádio. Papai gosta de cantar.

— Como está indo aí, Stu? — pergunta o vagabundo-mecânico.

Papai empurra o corpo para fora, sobre o carrinho, e se senta. O rosto está sujo. Ele segura uma chave inglesa e a deixa cair. O tinido faz os meus dentes doerem.

— Quase lá, Bill, só mais um pouquinho. Meia hora, mais ou menos.

— Cada horinha extra ajuda, hein, parceiro?

Papai concorda e boceja. Por baixo da sujeira, está cansado.

Ralph embaralha cartas. São azuis e as pontas estão gastas. Ele está com um sorriso esquisito. A luz que pende do teto não é muito forte. Perfeita para sombras.

— Sabe, andei pensando numa ideia para Stu ganhar um pouco mais.

O vagabundo-mecânico solta um grande suspiro, fecha os olhos e esfrega as têmporas em círculos perto dos olhos.

— Sei, Ralph, mas ainda não decidi...

Ralph não para de embaralhar e sorrir. Ele se inclina para desligar o rádio.

— Deixe! — O vagabundo-mecânico levanta a mão. — Eu e Stu precisamos de música, não é?

Papai sorri e forma ruguinhas no canto dos olhos.

— Tem mais trabalho pendente? — Ele encosta a cabeça na lateral do Morris Minor.

— Não. — O vagabundo-mecânico pega um punhado de papéis e os deixa cair, um por um, de volta na mesa. — Contas, contas, contas... Esse, meu amigo, é o problema.

— Mas já sugeri uma solução — diz Ralph. — Uma solução prática. É para isso que a gente paga as parcelas.

— Que parcelas? — pergunta Papai.

— Parcelas do seguro, parceiro. — Ralph corta o baralho e depois mistura as cartas, fazendo-as correr com os polegares. — Seguro contra incêndios.

— O quê, queimar a oficina e pedir o dinheiro do seguro? — pergunta Papai.

O vagabundo-mecânico geme e apoia a cabeça nas mãos.

Ralph sorri e começa a embaralhar as cartas de novo.

— Você é quem disse, parceiro, não eu.

Papai se levanta, a boca um pouco aberta, e vai se sentar à mesa com eles. Pega uma cerveja e abre a garrafa na lateral da mesa.

— Isso é ilegal, não é?

— Um monte de gente faz isso. Está tudo faturado nas parcelas — diz Ralph. Consigo ver que o joelho dele começou a se sacudir debaixo da mesa. Fico atrás de Papai. Quero me recostar nele.

— Fatorado nas parcelas, é isso mesmo? — diz Papai.

O vagabundo-mecânico geme de novo, balançando a cabeça.

— Não sei qual é o seu problema, Bill. Você nunca teve medo de correr riscos, sempre foi gente que faz. Receberia uma bela grana por este lugar. Compre um lugar ao sol para você. Só uma partezinha para Stu riscar o fósforo. Uma partezinha para mim pela experiência e talento organizacional. — Ele pisca para Papai. — Já examinei tudo, já. Não pode dar errado.

— O quê? Eu riscar um fósforo? — diz Papai, rápido como um raio.

O vagabundo-mecânico tira a cabeça das mãos. Os olhos estão bem enrugados nas bordas. As mãos tremem quando pousam na mesa.

— Você trabalhou muito por este lugar, parceiro — diz Ralph. — Esse seu probleminha das contas aí — ele folheia os papéis na mesa com o polegar — vai fazer você acabar perdendo a oficina de qualquer jeito. Por que não ser esperto e agir primeiro e conseguir um bom pé-de-meia?

A boca do vagabundo-mecânico forma uma linha dura. Ele franze a testa, mas mesmo assim não diz nada.

— Stu e eu... vamos ajudá-lo, não vamos, parceiro? — Ralph sorri para Papai.

Papai bebe um longo gole de cerveja.

— Não sei se isso está certo, sabe...

— Bill vai fazer valer a pena, não vai, Bill? Você podia levar Lisa e o menino numa viagem de férias. Algum lugar chique. Sua mulher precisa de férias, você mesmo disse.

Papai faz que sim. Franze a testa e olha de Ralph para o vagabundo-mecânico e então para Ralph de novo. O vagabundo-mecânico dá um sorriso lento e triste, e passa os dedos pela pilha de contas.

O vento sopra, e a lâmpada pendurada no teto vai para lá e para cá. Faz formas escuras dançarem na parede.

Papai passa as mãos no cabelo. O vagabundo-mecânico o encara durante muito tempo e depois ergue as sobrancelhas.

Papai pigarreia.

— De que tipo de quantia estamos falando aqui, então? — pergunta.

O rosto de Ralph quase se divide ao meio com um sorriso imenso. O vagabundo-mecânico solta um longo suspiro e pega um lápis e uma calculadora.

Capítulo vinte e três

O Pra Trás desbota. Somos só eu e Timmer e o terreno da oficina queimada.

Ralph também estava lá. Ralph queria que eles provocassem o incêndio. Ele quer que eu provoque o incêndio. Eu e Papai. Tal pai, tal filho, ele disse. Papai queria dinheiro para sairmos de férias. Na praia?

Todas essas pessoas se conheciam. Todas conheciam Papai. Meu sonho rodopiante está na minha cabeça de novo — fogo e fumaça e Papai e Ralph e o vagabundo, todos girando e girando e girando.

Tenho de ajeitar minha cabeça, Timmer. Tenho de ir até o rio.

Começo a correr: pela velha biblioteca, dobrando a esquina, pelo mato-antes-do-pasto, por cima da cerca, no pasto, os braços abertos e corro corro corro. Timmer late e persegue cheiros no capim. O vento sopra em meu rosto e abro bem a boca para que ele entre e sopre todas as sombras e fumaça e fogo e lixo bem para o alto do céu, longe, longe por sobre a fazenda, os pastos e as vacas e as árvores — até chegar lá no mar.

Meus olhos ardem. *Não* vou ao mar como Mamãe prometeu. Nada de bom acontece *comigo*. Só coisas ruins feias confusas.

Minha cabeça dá uma pirueta de novo. Ralph sabia do incêndio de Papai. Ralph conhecia o mecânico-vagabundo. Não sei por que está tudo errado, mas está. Dou um gemido e me agacho para ficar o menor possível. Ponho os braços em cima da cabeça e fecho os olhos. Timmer empurra minhas pernas e se esfrega em mim.

Ergo os olhos e vejo a fazenda, um pouquinho acima no morro. As vacas estão sendo levadas de volta ao pasto depois da ordenha. Será que Meg está lá hoje? Ela me disse para ter cuidado com Ralph. Talvez tenha razão. Quero conversar com Cackler. Quando estou com eles, o Pra Trás é bom e tudo dá certo. As coisas melhoram. Começo a correr de novo.

O terreiro da fazenda está vazio. Há uma pilha de barris de plástico verde perto da porteira, bem arrumadinha. O Land Rover não está aqui. A porta da casa está trancada, as cortinas fechadas. Fico na porteira. Não sei o que fazer agora. Timmer fareja atrás dos barris.

— Ei, Mikey! — Ralph sai do seu barracão. Está limpando as mãos num trapo. O rosto está suado. — Estou tentando consertar o motor de um trator velho enquanto não ordenho. — Ele sorri. — Como tá meu parceiro?

Não sorrio. Timmer rosna. Minha cabeça se enche de lama. Não sei o que fazer.

— Tá tudo bem, Mikey? Ressaquinha de ontem à noite?

Concordo com o finalzinho. A cabeça ainda dói.

— Você sabia que o vagabundo era o mecânico. Conhecia os dois. E Papai! — grito. Não queria, mas sai gritado.

As sobrancelhas de Ralph se erguem.

— Mas você já sabia disso, Mikey. Eu te mostrei a foto, lembra? Eu, seu pai e Bill. Nós três trabalhávamos juntos na oficina. — Ele sorri, mas está cobrindo os olhos para protegê-los do sol e não consigo vê-los. — Qual é o problema? Somos todos parceiros juntos.

Minha cabeça inteira escurece. Qual é o problema? Fecho as mãos. Ralph me contou tudo sobre isso quando fui à casa dele. Ralph não fez nada errado, fez? Minha cabeça dói. Minha cabeça dói. O Pra Trás está me deixando todo emaranhado e confuso.

— Já quase terminei o dia de trabalho. Por que não volta pra uma xícara de chá, hein? Lá em casa?

— Meg está aí?

Ralph levanta as sobrancelhas.

— Aaaahh, então essa é a razão da sua visita! Animadinho, hein? Não, saiu com o avô.

Meu rosto queima. Agora que ele está aqui, tudo parece errado. Está sendo meu parceiro, como sempre. Não é? Quero conversar com Meg. Quero conversar com Mamãe. Não sei o que fazer.

— Mas ela volta amanhã. Vou dizer a ela que você fez uma visita de surpresa. — Ele dá uma piscadela. Está gostando disso. — Vamos. Tive um dia duro. Preciso de uma xícara de chá com meu parceiro Mikey.

— Sabe, estou um pouco preocupado com Dave.

— Por quê, Mikey?

Estamos tomando chá na frente da casa de Ralph, sentados no chão, encostados na parede. O sol está se pondo atrás das árvores. Já quase sumiu. O céu sangra vermelho e laranja no céu. Parece aquela tinta de aquarela na escola quando a gente molha o papel e depois deixa as cores se espalharem. Gosto de fazer isso porque a tinta vai mais longe do que a gente pensa, como se tivesse vida própria.

Ralph agita as mãos diante dos meus olhos.

— Ei, por que você tá preocupado com Dave, garoto sonhador? Ele é um preguiçoso imprestável. Não ajuda como você, Mikey.

Sorrio.

— Ele está doente. Os parceiros dele disseram.

— Você falou com os parceiros dele hoje?

Faço que sim. As estrelas também estão começando a aparecer. Não há nenhuma nuvem e conseguirei ver montes delas.

— O que eles disseram, Mikey?

Ergo os olhos para as estrelas. Mas elas ainda não estão muito claras; terei de esperar até escurecer mais para vê-las direito.

— Hein? — Acabo de notar que Ralph me fita com atenção. — Nada, não muito. Está doente. E eu disse que talvez você pudesse cuidar dele porque você é um bom parceiro.

A boca de Ralph se contorce nos cantos.

— E o que eles responderam?

— Disseram que Dave conversaria comigo quando melhorasse.

— Aposto que sim.

Ralph me dá um tapa nas costas. Suspiro e me encosto nos tijolos, mas as sombras da casa sugam minha cicatriz e volto a me sentar ereto.

— E você vai me ajudar com meu servicinho, não vai, Mikey? — Ele pisca para mim.

— O incêndio?

Ele faz que sim.

Sinto frio na barriga. Agora o sol já se foi. É quase noite. O vento do fim da tarde é quente em meu rosto. Ele me faz tremer.

— Amanhã à noite é a noite, parceiro. Tudo bem pra você?

Mordo o lábio. Timmer ergue os olhos para mim. Gane e bate a pata na minha perna. Acaricio seu pelo, mas ainda não sinto calor. Agora não sei sobre o incêndio. Papai fez isso e deu errado. Causou um monte de problemas.

— Tem planos pra amanhã à noite, Mikey?

— Não.

— Então está combinado. Bom rapaz. — Ralph levanta a caneca e a bate na minha. — É a casa com janelas fechadas com tábuas bem no final da sua rua, depois da biblioteca e da velha oficina onde eu e seu pai trabalhávamos, lá no final. Conhece?

— Aquela onde os ciganos moravam?

Ralph sorri.

— Isso. Mas já me livrei dos ciganos.

— De quem é a casa?

O sorriso dele fica maior.

— Minha, parceiro. Herdei, mas precisa de reformas e não tenho dinheiro. — Ele me dá um tapinha no braço. — Só papelada, parceiro, só isso. Não prejudica ninguém.

Ralph se estica como um gato ao sol.

— Ponho a gasolina naquela lata azul ali e deixo lá pra você com fósforos na cozinha. Mamão com açúcar. É só tomar cuidado pra jogar bastante antes de riscar o fósforo e depois sair depressa. A porta dos fundos vai estar destrancada. Aí você me encontra aqui de volta, tudo bem?

Não tenho mais certeza de que quero fazer isso. Mas não sei o que dizer. Nunca tive um parceiro de verdade desde que era o Pequeno Mikey, com exceção de Timmer. Não quero ser mau com Ralph. Mas não quero ser malvado e provocar um incêndio e ir para a prisão.

— Ninguém vai se machucar?

— Ninguém, parceiro. Vou dar uma olhada antes, depois ligo pra sua casa e deixo o telefone tocar três vezes. Três toques. Não atenda. Tudo bem? Depois você volta pra cá e a gente resolve tudo. Não pode dar errado.

Timmer se levanta e se afasta de mim pelo caminho do jardim, então se senta junto ao portão. Olha o céu. O luar brilha nas costas e na cabeça dele. O que eu faço, Timmer?

— Onde você vai estar?

— No bar com amigos, mas estarei aqui para me encontrar com você. Juro, Mikey. Depois planejaremos uma viagem pra comemorar. O que acha? Você queria ir à praia, não é? Você escolhe, parceiro, você escolhe e a gente faz.

À praia? Eu *adoraria*!! O mar vai e vai... é melhor até que o rio. Mais ou menos. Timmer sabe que estou feliz e volta trotando para mim.

— A praia seria ótimo! Podemos ir, Ralph?

Ralph parece sério e estende a mão.

— Então aperte aqui, Mikey. Trato feito?

— Trato feito!

O mundo inteiro está calado. Todas as árvores estão escutando. O que está fazendo, Mikey? O que está fazendo? O vento sopra em torno da minha cabeça. Apertei a mão, mas estava pensando na praia, não no incêndio. Não quero pensar no incêndio.

Olho o Mini no jardim. Papai o consertaria.

Papai não o deixaria ali quebrado durante séculos.

— Descobriu alguma coisa sobre Papai, Ralph?

Ralph engole o chá e arrota.

— Bom, cheguei até onde você chegou. Você tem razão. Ele não está mais na prisão. — Ele me observa de soslaio. — Sabe, acho que é melhor deixar a situação assim. Deixa pra lá.

Esfrego as orelhas de Timmer e ele chega mais perto da minha perna. Balanço a cabeça. Meu peito dói.

— Não, não consigo fazer isso.

Ralph pousa a caneca e me olha bem de frente.

— Que diferença faz, parceiro? De verdade? Faz séculos que ele não está aqui. Ele também não está aqui agora, onde quer que esteja. Isso não importa, não é? Pra você, dá tudo na mesma.

Agarro Timmer com força. Isso importa para mim, isso importa para mim, importa importa importaimportaimportaimportaimportaimporta. Ele é meu pai. A cabeça começa a se esticar porque todas as sombras ali dentro estão ficando zangadas. Estão batendo os pés com tanta força que a minha cicatriz vai se abrir. Meu pai. Meu pai.

— Importa sim onde ele está. — Minha voz titubeia. — Importa.

— Mas POR QUÊ? Sei que ele é seu pai, mas você se virou muito bem sem ele, você e sua mãe, não foi?

Minha voz fica pequena e engasgada.

— Você disse que o acharia se eu achasse Dave para você.

Ralph põe a mão nas minhas costas.

— Parceiro, fiz todo o possível. Juro pela minha vida.

A cicatriz dói. As sombras estão enlouquecendo. As botas chutam o vagabundo. Aquelas botas grandes e barulhentas.

— Mas... e o vagabundo? — Minha voz quase sumiu.

— O quê? — A mão de Ralph faz pressão de encontro a mim. — O que tem o vagabundo?

— Vi as botas de trabalho de Papai chutando ele. Estou com medo de que ele... Estou apavorado porque ele...

As sombras voam para o céu da noite, guinchando para as estrelas.

Ralph tira a mão das minhas costas. Está com o rosto perto do meu. O hálito dele tem cheiro de medo e os olhos estão vermelhos. Ele respira com força pelo nariz. Estou assustado. Afasto-me dele.

— Você viu o vagabundo ser morto?

Minha cabeça se aperta entre os tijolos. Tento me afastar mais, mas o rosto de Ralph está muito perto. Timmer rosna.

— Um pouquinho — sussurro.

Ralph agarra meu rosto e me olha nos olhos como se tentasse entrar na minha cabeça. Depois solta.

Ele se senta de novo, mordendo o lábio. Acima de nós, minhas sombras ainda estão enlouquecidas contra as estrelas. Elas gritam e gritam e gritam e não consigo fazer com que parem.

Quero ir para casa. Não gosto mais daqui.

— Estou indo, Ralph. — Começo a descer o caminho e assovio para que Timmer me siga.

Ralph se levanta e agarra meu braço.

— A gente se vê amanhã à noite; não vai esquecer agora, vai, Mikey?

Tento me desvencilhar, mas ele segura com mais força.

A boca dele se estica num sorriso.

— Não vá embora zangado. Sei que a coisa com o vagabundo foi uma tristeza, mas agora somos amigos, não somos? — Ele espreme meu braço. — Não somos?

Faço que sim, mas fico olhando o chão.

— Já é hora de ir para casa.

Ralph suga os dentes. Semicerra os olhos.

— Mas obrigado pelo chá.

— Até amanhã?

— Até.

Ando com Timmer até o portão e me viro para o bosque. Assim que Ralph não pode mais me ver, corro o mais depressa que consigo e só paro quando chego em casa.

Capítulo vinte e quatro

Consigo ouvir as sombras do galpão a noite toda. Alguma coisa terrível está acontecendo. Alguma coisa terrível aconteceu. Elas cantarolam isso para mim. Esperneiam e gritam e berram. Ponho a cabeça debaixo do travesseiro, mas elas são ainda mais barulhentas dentro da minha cabeça. Entram no meu quarto, debaixo da cama, e me sussurram segredos obscuros.

Assim que a luz aparecer, sumo daqui. Sento na cama, firmo as costas na parede e puxo o edredom até o nariz.

Aguardo o sol.

A luz cinzenta vem primeiro. É como um fantasma do sol verdadeiro. O pretume do meu quarto some um pouco. Fico em pé junto à janela dos fundos, ainda todo enrolado, tão aconchegadinho quanto um percevejo no tapete. Nosso jardim é o mais escuro. O galpão é o mais escuro de todos. Respiro na janela e o mundo rodopia atrás do embaçado.

No mato-antes-do-pasto, o Pequeno Mikey chuta uma bola de futebol para o Pequeno Dave, zumbindo pelo capim. Engulo em seco com força. Minha cicatriz me fez esquecer isso. Dave e eu brincávamos juntos quando éramos pequenos.

O Pequeno Dave chuta a bola contra nossa cerca e ela bate, tum!

— Goooooooool — grita o Pequeno Dave, braços para o alto, correndo com suas perninhas. O Pequeno Mikey pula nas costas dele, gritando.

Esfrego os olhos, e os meninos somem. Onde está Dave agora? O que aconteceu a ele?

Atrás do mato, há o pasto que sobe um morrinho e desce para o rio. Não consigo ver o rio, mas consigo senti-lo. Sempre consigo senti-lo. Então, atrás dele, há o bosque e o morro atrás da fazenda de Cackler. É de lá que vem o sol. Há neblina e só consigo ver a silhueta das árvores. Cruzo os braços com força.

O sol espia por trás das árvores do morro. O céu está cor-de-rosa e alaranjado e amarelo — está começando a queimar. Dedos de luz descem o morro. As vacas os sentirão primeiro.

Isso é bom. A Velha Mary e seu bezerro, Bess com a bezerrinha, e todas as outras estarão lá. Estarão se preparando para serem ordenhadas. Ficarão junto da porteira, esperando que Cackler ou Ralph vá buscá-las. Sorrio.

Ralph disse que Meg voltaria hoje. Visto a calça jeans, a camiseta e calço os tênis. Não posso mais ficar aqui, Timmer. Hoje, não.

Pat me escuta quando desço.

— Ei, Mikey, já vai sair? Nunca vejo você, é tão ocupado!

Paro no meio da escada. Por favor, me deixe ir.

— Preciso do rio.

Ela estica a cabeça acima da balaustrada. O rosto dela tem linhas vermelhas onde se deitou no travesseiro e o cabelo está achatado de um dos lados.

— Falei com sua mãe ontem à noite. — Ela sorri. — Talvez você tenha uma boa surpresa logo.

Levo um susto. O incêndio? Será que Pat sabe do incêndio?

— Eu acho, *acho* que ela vai voltar para casa, talvez hoje, talvez amanhã. — O sorriso de Pat aumenta. — Que tal essa surpresa boa?

— MAMÃE! HOJE À NOITE? — Faço minha dancinha de perna dobrada e quase caio da escada, segurando depressa a balaustrada. Timmer late.

— Cuidado, Mikey! — Pat está rindo. — Para você não se desapontar, digamos que será amanhã. Se for antes, será um bônus, não é?

— Amanhã — canto para Timmer. Ele uiva de volta. — Amanhã, amanhã...

Primeiro paro junto ao rio para ver se enxergo minha socó. Não ando até meu ponto de pescaria. Só fico perto do caminho para a fazenda de Cackler. Cadê você, socó? Cadê você?

Timmer se senta em silêncio. Seguro seu focinho para que ele não faça barulho.

Psssssssssiu. Ela nunca vai aparecer se você fizer bagunça, cachorrinho. Ele bufa na minha mão. Quer sair correndo.

Ei, veja! Algo está se remexendo nos juncos. Agacho-me e me inclino para a frente. Um patinho vem nadar no rio. E outro... e outro! E lá está a Mamãe. Apoio nos calcanhares e balanço até a ponta dos pés, depois volto para trás. Todos fofinhos e novos.

Enfio a mão no rio e a deixo lá. Está frio e cintilante. Levanto a mão depressa e jogo água em Timmer. Ele pula, latindo. Caio para trás e fico deitado no capim, olhando o céu lá em cima. Fecho os olhos. Estou cansado. O sol está quente. Faz silêncio. O rio continua indo e indo.

Fique de guarda, Timmer. Cuide de mim. Só vou descansar um pouquinho.

— Mikey!

Onde estou? Num sonho? Na cama?

— Mikey! Seu rosto está todo vermelho!

Sento-me. Não enxergo nada por um minuto. O mundo são só estrelas. Meu rosto está quente. Tremo por dentro e fecho os olhos por um instante. Incêndio. Labaredas. Fogo. É o que vou fazer hoje à noite. O incêndio. Minha cabeça está vermelha vermelha vermelha. Pensar nisso faz minhas pernas se agitarem.

— Está tudo bem, Mikey?

Sinto a mão macia no meu ombro. Abro um dos olhos. Meg está sentada de pernas cruzadas, me observando. Hoje ela tem cheiro de flor.

— Você se queimou mesmo no sol, Mikey. Há quanto tempo está aqui? Ralph disse que ontem você veio me procurar.

— Não consegui dormir de noite. Vim aqui quando o sol nasceu. — Meus braços também estão quentes.

Meg arranca uns capins grossos na margem do rio e começa a juntá-los em uma trança.

— Por que não conseguiu dormir?

— Vou ajudar Ralph hoje à noite e estava preocupado porque...

Paro.

Meg ergue os olhos para mim.

Solto um gemido e ponho as mãos na cabeça. Aposto que não era para eu dizer nada. As palavras simplesmente saíram. Retorço os dedos. Olho para o bosque, depois olho para Meg e ela ainda está me fitando, então olho para o outro lado, para a ponte, e depois de volta para Meg, mas ela não se mexeu. Resmungo de novo.

— Como você vai ajudar Ralph? — A voz de Meg é baixa.

— É só uma coisinha...

As sobrancelhas dela se erguem.

— Ninguém vai se machucar, Ralph disse.

— *Machucar?* — Meg larga a trança de capim. — O que vai fazer pra ele, Mikey?

— É... — O que foi que Ralph disse? O que ele disse? Contraio o rosto. Ele disse que era... — ... uma papelada, e depois vou encontrá-lo na casa dele mais tarde.

— Uma *papelada*?

Faço que sim, mas não encaro os olhos verdes verdes dela. Timmer vai até Meg e põe a cabeça em seu joelho. Joelho de MEG, Timmer? Você é meu cachorro, não dela! Ela acaricia as orelhas dele e ele lhe lambe o joelho. Chuto uma pedra. Com força.

— Vovô sempre me disse para não falar mal de Ralph, para lhe dar uma segunda chance. Mas fico preocupada, Mikey. — Meg franze a testa. — Ralph está enganando você; ele não é de papeladas.

Trinco os dentes.

— Ele é meu parceiro.

— Ele não tem parceiros, Mikey. Ele só pensa no Número Um.

Ela está falando depressa demais depois de tudo o que eu disse. Sinto pontadas na minha cabeça e ponho os dedos perto dos olhos, no côncavo pequenininho, e aperto com força, como Mamãe faz às vezes.

— Número Um?

— Ele só pensa em si, Mikey. — Meg balança a cabeça para mim. — Eu já *disse*, tome cuidado. — A voz dela está ficando mais alta.

Fecho os punhos. Alguma coisa cresce dentro do meu peito. Está ficando maior e maior e começando a doer. Ralph é meu *parceiro*. Meg é minha *parceira*. Ralph vai me dar um dinheirinho e vamos à praia depois do incêndio. Foi o que ele disse, não foi? NÃO FOI?

— Está escutando, Mikey? Nem sempre ele é legal. Já o vi na fazenda algumas vezes com os animais.

Mordo o lábio. Já vi também, às vezes, mas ele disse que só estava brincando. Com Timmer também. Ele não *machucou* nenhum de verdade, machucou? MACHUCOU?

Meg põe as mãos nos meus braços e o rosto dela fica bem pertinho do meu.

— Isso é importante! Tome cuidado, Mikey!

Tapo os ouvidos com as mãos e começo a balançar para a frente e para trás, para a frente e para trás. Não consigo entender. Não sei por que está tudo errado, mas está. Toda essa gente se conhece e eu não sabia e Papai fugiu da prisão e talvez tenha matado o vagabundo e o Pra Trás está sempre esperando por mim e Mamãe ficou toda triste e esquisita e EU NÃO ENTENDO! Timmer gane e se senta mais junto de mim.

— Pare com isso, Meg! — Para a frente e para trás, para a frente e para trás. — Você está acordando as sombras! Está fazendo a minha cabeça doer!

Meg para na mesma hora.

— Tá tudo bem, Mikey, tá tudo bem. Por favor, pare... — A voz dela fica toda carinhosa.

— Eu queria ir à praia como quando eu era o Pequeno Mikey, e Ralph vai me levar...

— Tudo bem, Mikey. Tudo bem...

Para a frente e para trás, para a frente e para trás.

— Eu não machucaria ninguém... Nunca!

Para a frente e para trás, para a frente e para trás.

— É *claro* que não!

— Promete que não vai contar a ninguém essa coisa da papelada?

Meg faz uma careta enquanto me observa.

Puxo o cabelo COM FORÇA.

— PROMETA!

— Tudo bem, Mikey. Tudo bem. — A voz dela é tão baixinha que quase não consigo ouvir. Também me deixa mais calmo.

Paro de me balançar. Estremeço. Observo-a. Meg se afasta e se senta, cruza as pernas.

— É claro que você não machucaria ninguém, Mikey. — Ela sorri, e as sardas dançam. — Só quero que você fique bem, só isso. Você também é meu amigo, sabe?

— Mesmo?

— É claro!

A luz cintila no rio. Timmer balança o rabo. Observamos o vento soprar os juncos e as folhas das árvores. Adoro o som calmante que faz.

Meg me olha.

— Posso fazer uma pergunta, Mikey?

— Hein?

Ela belisca a bainha da manga.

— O que você quis dizer agorinha mesmo sobre acordar as sombras?

As sombras? Meu peito se aperta. Cato a trança de capim que Meg fez e torço-a em torno dos dedos.

— Você vai achar que sou maluco.

— Não, não vou. — Ela se cala. — Mas tudo bem se não quiser falar sobre isso.

Observo o vento soprar o cabelo dela para todo lado. Seus olhos são bondosos. Acho que quero sim — quero *mesmo* contar a Meg. Respiro fundo.

— As sombras acordam quando estou preocupado. Como se estivessem vivas.

Olho-a para ver se está rindo de mim, mas não está. O rosto dela é suave. Ela faz que sim.

— Mas estão mudando. Ficando maiores. Mais barulhentas. — Contraio o rosto. Não está saindo direito. — Elas chegam bem dentro da minha cabeça, e fora também... — Paro de falar. Sou muito BURRO com as palavras.

— Quando elas crescem assim? — Ela me observa enquanto puxa um fiapo da manga.

— Não sei. Quando há algo errado. — Franzo a testa. E aquelas no quarto do Pequeno Mikey? *Elas* não ficaram maiores. — Elas se calam quando já vi... já vi... as coisas delas. — Ergo os olhos. Isso soa bobo demais.

Meg morde o lábio.

— Acho que faz sentido. Tipo olhá-las bem na cara?

Dou de ombros. Não fui assim *tão* corajoso com as sombras, mas não quero dizer isso a Meg. Falar sobre elas me deixa com vontade de me fechar. Só quero que vão embora. Abraço bem as pernas e apoio o queixo nos joelhos. Timmer dá um suspiro profundo.

— Não quero mais falar sobre isso.

— Tudo bem. — Meg sorri e depois começa a rir. Aponta para meus braços. — Sua pele está mesmo vermelha...

Ela tem razão. Está. Desço até o rio e ponho os braços debaixo d'água. O rio os deixa frescos e agradáveis. Consigo me ver na água, olhando de volta para mim. Cabelo louro. Olhos azuis. Bochechas vermelhas. Fecho os olhos e enfio a cabeça na água. Saem bolhas do meu nariz. O rio está por toda parte. Frio. Silencioso. Seguro.

Volto de novo ao barulho do vento e do trator ao longe. Meus olhos são atraídos para a outra margem, para os juncos. Por um instante, não vejo nada, só os juncos farfalhantes. Então a avisto.

Ah, *ela* está aqui!

Sento-me em silêncio e seguro o focinho de Timmer para ele não latir. Aceno para Meg vir também. Silêncio, Meg, silêncio. Ela vem sem fazer barulho e se senta ao meu lado.

O quê?, Perguntam seus olhos verdes. *O que é, Mikey?*

Aponto os juncos com a cabeça.

Minha socó fica parada. O pescoço está esticado, o bico para o céu.

Meg arregala os olhos. Ela me olha. Está surpresa.

Prendo a respiração e empurro Timmer para baixo. O vento despenteia os juncos. As listras das penas do pescoço dela são iguais às linhas dos juncos. Um disfarce. O vento sopra e ela se move de um lado para o outro, de modo que as listras e os juncos se movam juntos. Mas os olhos amarelos não olham para cima. Eles nos fitam diretamente.

Um arrepio desce pelos meus braços. Meg me olha. Olho Meg. Veja só isso! Veja só! Meg sorri.

Então ela some. Minha socó volta para o meio dos juncos. O vento sopra de novo. Ela sumiu. Sumiu.

Meg solta o ar lentamente.

— Nem dá para acreditar! Nem dá para acreditar... — Ela balança a cabeça e todos os cachos sobem e descem.

Sorrio. Estou contente porque Meg estava aqui. Ninguém mais a viu. Só Meg e eu. Aperto o ombro dela.

— Esse é nosso segredinho.

Meg sorri de volta ao se levantar.

— É, sim, Mikey. É, sim. Esse segredo está bem guardado comigo. — Ela pega a bolsa e boceja. — Agora tenho de voltar à fazenda. Serviço da tarde com vovô. Vamos transferir as vacas para um pasto junto do rio; elas fizeram a maior bagunça naquele onde estão. — Ela revira os olhos e volta para o caminho. — Mas, Mikey?

Viro-me.

— O quê?

— Se quiser conversar sobre outras coisas, sabe, outros segredos que o preocupam e que não deixam você dormir... Posso guardar esses segredos também, sabe?

Ela põe a bolsa no ombro e começa a andar de volta para a fazenda. O sol deixa o cabelo dela quase amarelo, e não castanho.

— Obrigado, Meg — digo, mas minha voz é baixa e não sei se ela consegue me ouvir.

Capítulo vinte e cinco

Três toques. É isso. É hora do incêndio.

Pat vai chegar tarde de novo. Somos só Timmer e eu. Somos sempre só Timmer e eu.

Timmer está bebendo água da tigela dele. Ele é muito barulhento quando bebe, mas dessa vez não se senta quando termina, como faz normalmente. Sabe que algo vai acontecer.

Minhas mãos tremem. Minha barriga está toda borbulhante. Está escuro lá fora, mas está escuro dentro da minha cabeça também. Pulo de um pé a outro. Não posso mais esperar e assistir à TV, Timmer-meu-cachorro. É hora de ir. Hora de ajudar Ralph com o incêndio. Devemos fazer isso? Devemos?

Jogo as batatas fritas no lixo. Não consigo comer esta noite.

Tudo está parado. Tudo está escuro. Consigo ouvir meu coração batendo batendo batendo. Todas as árvores lá fora, todas as sombras, tudo se inclina para mim, observando o que vou fazer.

Vou até a porta dos fundos e passo pelo espelho da cozinha. De soslaio, vejo Papai me fitando. O rosto dele está todo sujo de fumaça e ele parece preocupado. Só um lampejo. Paro. É de quando *ele* também provocou seu incêndio. Volto. Prendo a respiração. Dou uma olhada.

Nada.

Ele sumiu. Sou só eu.

Eu, Mikey, antes de provocar o incêndio.

Mamãe deixou o envelope pardo saindo pelo lado da geladeira, onde tentou escondê-lo. Puxo. Há uma foto com a ponta para fora. Eu e Papai e Mamãe na praia. Todos nós, sorrindo. Toco a foto e parece quente. Sinto o cheiro do mar. Ponho-a no bolso da calça. Quero Mamãe e Papai comigo hoje, e Timmer também. Depois ponho o envelope pardo de volta junto da geladeira, bem como estava antes. Timmer sai pela porta primeiro e vou atrás dele enquanto ela se fecha atrás de mim.

Lá no alto da rua, está tudo em silêncio silêncio silêncio. Todo mundo está dentro de casa. Alguns deixam as cortinas abertas e posso vê-los. Gavin e Tina fecharam a deles mas consigo ver Albert assistindo à TV com os grandes chinelos marrons em cima da mesinha de centro. O homem de costas peludas anda de um lado para o outro na sala, berrando ao telefone. O rosto está todo vermelho e inchado. Na casa de Jim, estão todos comendo peixe com fritas no jornal sobre os joelhos.

Continuo andando. Timmer fica perto.

O incêndio. O incêndio. O incêndio.

O que vai acontecer, Timmer? O que vai acontecer? Não consigo mais ver minha casa. Devo voltar? Esperar que Pat chegue em casa? Mas Ralph está esperando por *mim*. Recomeço a caminhar para o lugar do incêndio. Fica mais escuro.

E mais frio.

Há uma luz no ponto de ônibus quando passo. Uma salinha no escuro. Lá estão eles de novo, os dois, o vagabundo berrando com a figura de Papai...

Passo depressa depressa depressa. AINDA lá? O Pra Trás não para de passar ali. De novo e de novo. Os dois discutindo e discutindo e discutindo... Trinco os dentes.

NÃO GOSTO DISSO! Não pedi isso! Não quero ter de ver o Pra Trás de Papai. Começo a correr. As sombras batem palmas para que eu vá mais depressa... Timmer late e pula em mim.

Pare com isso, seu vira-latas! Pare com isso!!! Você está me atrasando!

Por que o Pra Trás está fazendo isso?

Por que não para?

POR QUE NÃO ME DEIXA EM PAZ?

Desacelero junto da cabine telefônica, apoio as mãos no vidro e respiro fundo fundo.

Lá dentro de mim, sei a resposta. É porque a história do Pra Trás ainda não terminou. É por isso que ainda está ali, me puxando. É porque o incêndio de Papai não foi uma coisa direita, não é?

Não quero olhar o Pra Trás ruim. Não quero ver Papai matar o vagabundo. Não quero ver coisas ruins.

Timmer lambe minha mão e se senta aos meus pés. Ele me olha. Detesta quando fico nervoso. Gane e empurra o focinho na minha mão.

Se eu deixar tudo começar, Timmer-meu-cachorro, isso vai me inundar todo e me arrastar até terminar, sei que vai. Terei de ver tudo.

Sento-me na calçada. Esmago uma lata velha com o pé. Ralph estará me esperando. Ele me deu os três toques. Mas tenho de verificar o Pra Trás, não tenho? Antes de provocar o incêndio, caso tudo dê errado... Tenho coragem suficiente, Timmer? Será melhor se eu fizer assim? Para mim, para Dave, para Mamãe... para Papai?

Volto devagar até o ponto de ônibus. Arrasto os calcanhares na terra. Timmer fica perto. Ele se encosta em mim, quente e seguro. Paro para lhe acariciar a cabeça. Mas não vai ficar mais fácil se eu me demorar. Afasto a mão e continuo andando.

É melhor me livrar logo disso. O mundo rodopia. O gelo estala no vidro do ponto de ônibus.

Duas pessoas estão em pé na calçada, bem na minha frente. Eu as conheço.

Ando até lá; elas não podem me ver, mas posso vê-las. Encosto-me no poste de luz para escutar.

O vagabundo dá um passo à frente. Ajeita o colarinho e fica um pouquinho mais parecido com o mecânico. Isso é estranho, ele ser uma pessoa e depois a outra. Mas, se olho com atenção, consigo ver que é o mesmo por dentro. São os olhos. Não mudaram, só que parecem mais tristes quando ele é o vagabundo.

O homem com formato de Papai se vira para encarar o vagabundo.

Sinto um aperto no estômago. Não quero ver Papai aqui neste Pra Trás.

— Qual é o seu problema, Ralph Jackson? — pergunta o vagabundo.

Ralph? Ralph, e não Papai? O gelo se esgueira pela minha garganta, nas minhas orelhas, pelos meus olhos... RALPH?

Ralph também parece diferente. Precisa se barbear e o rosto está cansado. Quando sorri, o sorriso não chega aos olhos.

— Meu problema é que Stuart estragou tudo. Foi pego. Fez a maior confusão, como sempre. — Ralph revira os olhos.

Meu estômago fica todo tenso. Isso não está certo. Papai não faz confusão. Eu o vi no bosque. Alguém chamou a polícia. Armaram pra ele. Papai é bom nas coisas. Sabe consertar carros e fazer os olhos da Mamãe brilharem. As sombras assoviam à minha volta, mas eu mando que se calem. Calem a boca! Tenho de me concentrar. É do meu pai que ele está falando.

— Isso ainda não está decidido, Ralph Jackson. — O vagabundo franze os olhos. — Alguém dedurou, e ambos sabemos disso. A polícia estava no bosque antes de eu chegar. Agora, quem teria contado a eles, hein? — Ele respira com força pelo nariz.

Inclino-me para mais perto porque a voz dele está bem baixinha. Dá para farejar coisas zangadas em seu hálito.

Ralph se inclina também na direção do vagabundo.

— O que você quer dizer, William?

— Você nunca gostou de Stuart, nós dois sabemos disso.

Estou com um nó na barriga. Não consigo ver direito porque meus olhos estão cheios d'água. O que o vagabundo está dizendo? Ele e Papai estavam juntos na foto. Eram parceiros também. Todos os parceiros juntos, foi o que Ralph disse.

Ralph suga o ar entre os dentes e dá o sorriso mais duro que já vi.

Ponho as mãos sobre as orelhas, mas aí as tiro de novo porque não fazem a mínima diferença. Ainda consigo ouvir o Pra Trás, mesmo tapando os ouvidos.

— Não é relevante, William. Mas vou te contar os fatores que são relevantes. Um: você está envolvido num golpe contra a seguradora. Dois: eu não; não fui eu quem pôs fogo no lugar, não assinei nenhuma declaração para a seguradora. Três: você vai para a cadeia por estelionato se alguém souber disso. — O sorriso de Ralph não é mais um sorriso.

O vagabundo recua. Seus olhos estão tão franzidos que são apenas linhazinhas pretas.

— Agora, William, sabe qual é o Fator Número Quatro, não sabe?

— Seu canalha. — O vagabundo cospe.

Ralph chega mais perto.

— Não, William, seu idiota. Armei a coisa toda e mesmo assim você estragou. O que aconteceu? Sem oficina. Sem meio de vida. Solicitação rejeitada. Sem dinheiro. — Ele ergue os lábios e os dentes aparecem. Ele não se parece em nada com Ralph. — Deixe que Stuart tenha a briga dele lá no tribunal e estamos quites.

— Stuart nos protegeu. Não posso fazer isso. — Ele cerra os punhos, mas parece pequeno perto de Ralph. — Escute bem o que está dizendo.

— NÃO! — Ralph soca a parede atrás da cabeça do vagabundo. — VOCÊ é que tem de escutar, William Chimes. E escutar COM MUITA ATENÇÃO! Você precisa salvar sua pele, não a de Stu Baxter.

A boca do vagabundo se escancara. Os olhos se arregalam. Quando fala, é tão baixinho que tenho de prestar muita atenção para ouvir.

— Ralph Jackson, está me dizendo que você dedurou Stuart? Você levou a polícia até ele?

Os olhos de Ralph faíscam e a boca se contorce de novo.

— Ninguém pode provar nada, William. Sou mais esperto do que todos vocês. No que me diz respeito, só fiquei no bosque e vi quando o prenderam.

Ele chega tão perto do vagabundo que os narizes quase se tocam. O nariz grande e curvo de Ralph. O nariz roxo e esponjoso do vagabundo.

— Mas você, Bill, meu velho amigo — Ralph cutuca o vagabundo com força no peito e ele tosse —, não cobriu seus rastros muito bem, portanto FIQUE CALADO. — Ele o cutuca de novo, outra tosse. — SENÃO... — Cutuca, tosse-tosse-tosse — FAÇO UMA VISITINHA À POLÍCIA.

Ralph soca o estômago do vagabundo, que se curva, a boca se abrindo e fechando como a de um peixe antes de morrer.

Dou um passo atrás. A oficina e o vagabundo e Ralph giram e giram em torno de mim. Agarro a coleira de Timmer. O Pra Trás está sumindo. Temos de sair daqui, Timmer. Quero ir embora agora!

Começo a correr para o campo, longe longe longe da oficina e dos incêndios e das coisas ruins ruins ruins. Minha cicatriz dói. Os olhos ardem. Não foi o vagabundo, foi Ralph. *Ralph* é mau. *Ele* chamou a polícia para pegar Papai e levá-lo para a cadeia. *Ele* não deixou o vagabundo salvar Papai da cadeia. Ele é mau. Ele é mau. Não é meu parceiro.

Não vou provocar o maldito incêndio. Não vou mesmo!

Capítulo vinte e seis

Timmer e eu chegamos ao rio. Sinto dor atrás dos olhos. Nada é o que a gente pensa que é: Papai não está na prisão, o vagabundo não é só o vagabundo, Ralph não é bonzinho, todo mundo conhece todo mundo e tudo é uma confusão daquelas. Está escuro e silencioso aqui, mas não me engano: tudo está à espera. Agora, o terrível Pra Trás do vagabundo virá.

Timmer gruda em mim feito cola. Há um rosnado baixo constante na garganta dele e os pelos da nuca estão eriçados. Fique perto, fique perto. Vamos terminar isso juntos, você e eu. Vamos ver essa história até o fim, se aguentarmos — o fim correto da história; a história real sem mentiras. A história com todo o gelo.

A grama está seca porque tem feito muito calor. O rio é fundo e silencioso, todo negro e cintilante no escuro. Está cheio de segredos esse rio. Sei que está. Mas estão ocultos, lá no fundo, com os peixes e as pedras e as rochas.

O Pra Trás está me seguindo. Libertei-o perto do terreno da oficina e agora não consigo interromper. Eles todos rodopiam em torno em torno de mim — o rio os peixes as pedras — mais depressa mais depressa mais depressa, e minha cabeça gira e meus olhos doem.

PAREM!

O mundo para de girar. **A noite do Pra Trás está aqui. Consigo ver o luar na água. A lua do rio é brilhante e ondulada e bonita. As folhas sussurram nas árvores. Alguém está chegando.** Vire-se, Mikey, vire-se.

Os dois homens chegam subindo pelo caminho que vem da cidade. Há um baixo de chapéu e um alto. Vejo a silhueta deles quando atravessam o campo. O baixo não anda direito. Vai de um lado para o outro com um andar de sobe e desce. Balança alguma coisa na mão. Acho que é uma garrafa. O alto está gritando. Não consigo ouvir o que diz, mas ele agita os braços. O baixo de chapéu se afasta dele e começa a correr.

Timmer se encosta em mim. Um bolo grande sombrio pesado afunda da minha barriga pelas pernas e chega aos pés. Ele me faz ficar ali. Não tento correr.

Agora não consigo vê-los porque estão andando na frente das árvores. Meus dedos ficaram frios, e os enfio bem fundo no pelo de Timmer. Levanto um dos pés e remexo os dedos. Há gelo no chão. Ele estala quando baixo o pé de volta. **O vagabundo canta a plenos pulmões. "Não conte!! Psssssssssiiiiiu!!"** Abraço-me com força com força com força. O pretume é tão espesso que tudo está morto, até as sombras. O frio corta com força porque nesta noite ele tem dentes.

— Não consegue ficar com a boca fechada, é? — berra o alto. A voz mais parece uma faca.

Prendo a respiração. Tome cuidado, gorduchinho. Tome cuidado.

Agora eles estão na margem do rio. O baixo de chapéu tropeça um pouco e abre os braços para não cair.

— O incêêêêêêêndio... — Ele balança a cabeça. — Não pode contar!!

O alto rosna e lança os braços sobre ele.

O gorduchinho se move depressa, depois se abaixa e começa a correr. O alto estende o pé para fazê-lo tropeçar, mas erra de novo. O alto escorrega. O gordo vai mais depressa, mas está todo destrambelhado. Tem pernas instáveis.

Abraço os joelhos com força. Os meus olhos estão abertos, paralisados.

O gorduchinho agora está mais perto. O chapéu está torto. Vejo o rosto do vagabundo. Os olhos estão arregalados e assustados, mas são olhos de sonâmbulo, como se ele não estivesse ali de verdade. Ele ofega ao passar correndo em sua corrida de sobe e desce. Vejo o Pra Trás atrás dele: um grande balão que o segura e o impede de correr depressa demais.

Ali vem o alto, rápido agora. O vagabundo deixa a garrafa cair e continua avançando. Os olhos de Ralph cintilam e os músculos tensos do rosto se contorcem porque ele está trincando os dentes com muita força. A mulher nua e cheia de curvas sorri ao passar.

Não me viro para observá-los na margem do rio. Fito o pasto bem à frente.

O rio está atrás de mim. A lua brilha. Ouço as batidas. O vagabundo grita.

Ergo os olhos para o céu da noite: está cheio de estrelas.

Alguma coisa racha. Alguém berra.

Minhas orelhas estão debaixo d'água e tudo está muito longe. Timmer gane. Ponho a mão na cabeça dele. Ele se aquieta.

Agora faz silêncio, a não ser pela respiração pesada de Ralph. Não me mexo. Ouço-o lavar as mãos no rio. Os joelhos estalam quando ele se levanta. A lua brilha na cabeça de Timmer. Parece que ele tem uma mancha branca na cabeça, mas não tem. Não consigo ver o rosto de Ralph quando ele passa andando por mim. Está olhando o capim, balançando a cabeça.

Não quero mais olhar Ralph.

Viro-me em direção à ponte.

O vagabundo está caído ao lado do rio. Seu Pra Trás explodiu e se espalha numa grande poça em torno dele.

Vou até ele e me ajoelho no capim.

As mãos dele tentam tocar o rosto, mas ele não consegue mexer os braços. Os olhos estão apavorados. Ele treme. Consigo ver por onde o Pra Trás está saindo: há um grande buraco preto no lado da cabeça.

Estendo a mão para tocá-lo, como faço com Timmer, mas ele não pode me sentir.

Ele treme de novo.

Ele está apavorado, Timmer. Muito apavorado. Quero ajudar, mas não sei o que fazer.

As pernas se contorcem e ele empurra a cabeça para fora d'água. Olha em volta, mas não consegue me ver. Está chorando, Timmer.

Enterro as unhas na calça jeans.

Ele está chorando.

Há um pedacinho de silêncio no escuro. O vagabundo também sente. Ele mexe a cabeça para ver o outro lado da margem do rio. Seu rosto se suaviza. A boca forma um sorriso minúsculo.

Olho para onde ele está olhando.

Um socó está em pé nos juncos, nos observando.

Ele se curva, eriçando as penas do pescoço. Um ruído estrondoso retumba sobre os campos e sobe para as estrelas. Os juncos e as árvores param um momento para escutar.

É o canto especial do socó.

Esse deve ser o Papai-socó.

Ele canta pelo vagabundo, é isso que está fazendo. Cantando por ele.

Olho o vagabundo de novo. Ele está imóvel agora.

Capítulo vinte e sete

Não me mexo. O rio passa. A lua me observa. Entendo — compreendi tudo. Ralph matou o vagabundo para que ele não falasse. Ralph chamou a polícia para pegar Papai e mandá-lo para a cadeia. Ralph dedurou Papai para os preto-e-brancos.

Puxo do bolso de trás a foto minha com Papai e Mamãe. Papai está sorrindo. Está com o braço em torno do Pequeno Mikey, que olha para ele. Os olhos de Mamãe brilham. Estamos todos juntos num pequeno círculo.

Alguma coisa engraçada está acontecendo com as sombras. A escuridão acima do campo todo está se movendo. A escuridão se transforma em gente-sombra. No campo inteiro, elas se esgueiram em minha direção. Negras, com olhos vermelhos ardentes... um exército preto, vindo todo atrás de mim. Cerro os punhos. Meus olhos ardem. Timmer rosna. Elas chegam mais perto. Em torno de mim. Rostos de sombra bem pertinho. Um círculo delas, se espalhando a distância.

Fecho os punhos com força. Não posso lutar contra elas. Nem mesmo com Timmer. Penso em Meg no rio hoje. Sobre o que ela disse.

Respiro fundo. Giro em volta e as encaro. Olho no olho. Estou com um nó na barriga.

— O que é isso? — Minha voz falha. — O quê? O QUÊ?

— Ralph, Ralph, Ralph... — Elas cantam e batem os pés. — Ralph, Ralph, Ralph... — Elas se aproximam mais e mais. — Ralph, Ralph, Ralph...

Aperto as mãos sobre as orelhas, mas elas estão acordando as sombras da minha cabeça. Minhas sombras também cantam, bem no fundo, e não consigo ouvir mais nada.

— Ralph, Ralph, Ralph...

A mulher nua e cheia de curvas. O rosto assustado de Papai no bosque quando os preto-e-brancos o pegaram. O vagabundo caído no rio, olhos arregalados. Toda a escuridão ferve dentro de mim. Ela pressiona meus olhos e lágrimas quentes saem. Pressiona meu peito e meu coração enlouquece. Pressiona minhas pernas e não consigo ficar parado.

— Ralph, Ralph, Ralph...

Tenho de CORRER...

As sombras dão vivas e se abrem para me deixar passar. Sabem aonde vou.

Timmer está ao meu lado. É forte e fica bem junto de mim. Não consigo sentir as pernas. Uma nuvem atravessa a lua. Ao longo da margem do rio, rumo ao bosque... Tropeço no escuro porque não consigo enxergar direito. Chuto alguns galhos pelo caminho. Continue, Mikey! Continue!

— Ei! É você, Mikey? — Meg está no meu caminho. Ela fica pequenina no escuro. O rosto dela está pálido. — Você também escutou? O socó! Acho que o socó estava cantando...

Ultrapasso-a.

— Ralph é mau! — Continuo correndo. — Vou pegá-lo!

Meg agarra meu braço, mas me solto.

— Não vá sozinho, Mikey! Pare! Não é seguro!

A voz dela parece muito longe porque as sombras estão fazendo mais barulho. Não vou parar. Pelo mato, entre as árvores, pelo caminho... Meus pés fazem barulho contra o chão. Fazem a curva e sobem até a fileira de três casas... O luar faz os telhados brilharem.

Ralph está em pé no portão, esperando.

Não consigo ver o rosto dele, mas ele só está encostado no mourão, só *encostado* ali. Há uma voz na minha cabeça e ela rosna como Timmer. Minhas pernas estão tensas. Meus punhos estão cerrados. Minha cabeça está vermelha vermelha vermelha.

— VOCÊ MATOU O VAGABUNDO!

Minha voz é um grito.

— VOCÊ DEDUROU PAPAI!

As sombras também gritam. Todas elas. Até lá em cima na lua.

O músculo do maxilar de Ralph se tensiona. Ele se endireita. Não diz nada. Anda pelo caminho até a casa. Pega uma chave inglesa ao passar pelas latas de tinta junto à porta e entra.

Estou tremendo. A cabeça do vagabundo estava quebrada. Todo o seu Pra Trás saiu. Não tem mais pra frente. E Papai... e...

Não consigo ficar parado. As sombras provocaram um incêndio na minha barriga e está tão quente que quero berrar e chutar e gritar. As chamas lá dentro doem e é tudo culpa dele. TUDO CULPA DELE!

Entro correndo na casa atrás de Ralph.

Onde ele está? Ele é mau.

— Você é MAU!

Timmer está junto de mim. Ele late. Corremos para a cozinha. Timmer primeiro. Ralph está atrás da porta. Agarra Timmer pelo pescoço. Timmer gane.

— LARGUE MEU CACHORRO!

Corro para ele, mas Ralph bate nele. Com força. Timmer grita. Paro. Meu rosto está molhado. Minha barriga está queimando. Fico imóvel. Timmer me olha, seus lindos olhos castanhos. O rabo entre as pernas. *Me ajude, Mikey*, ele está dizendo. Meus olhos ardem.

— Você está machucando ele. LARGUE ELE!

Corro para Ralph, mas ele é rápido. Abre a porta da despensa e joga Timmer lá dentro. Ele cai contra as prateleiras e grita de novo. Ralph bate a porta. Tranca e guarda a chave no bolso. Timmer uiva. Trinco os dentes. A cabeça dói tanto que mal consigo enxergar.

— Agora somos só você e eu, Mikey, meu menino.

Ralph está sereno, mas é perigoso. Sinto dor atrás dos olhos. Ele vai balançar. Tateio a foto no meu bolso de trás. ERA Mamãe e Papai e eu, mas NÃO É mais Mamãe e Papai e eu por causa de Ralph.

— Foi você! Você fez todas aquelas coisas!!

Os lábios de Ralph se contraem e ele dá um passo à frente. Os olhos relampejam.

— Ah, mas você *não fez*, Mikey, não é? Você *não fez*!

— Fiz o quê?

A mão de Ralph se aperta na chave inglesa.

— Tínhamos um pequeno acordo, não é, parceiro? Você ia acender alguns fósforos para seu velho amigo Ralph. Não era muito a pedir depois de todo o *problema* — ele bate o punho na parede — que tive com você. — Depois suave: — E agora é isso?

Ele inclina a cabeça para o lado. Chega mais perto. Sinto o cheiro do seu hálito. Está cheio de mentiras. Cheio delas. Timmer uiva na despensa.

Ele chega ainda mais perto. Pestanas compridas. Acaricia meu rosto com a chave inglesa. Fria e lisa. Sussurra para mim:

— Sabe o que acontece com quem não cumpre o que promete, Mikey? Sabe?

O mundo começa a rodopiar e a esfriar. Agora não. Por favor, agora não... Fico tonto. Agarro a mesa para não cair. Ralph sorri e se afasta. Não tenho força suficiente para impedir. O Pra Trás está aqui.

Dave está em pé junto da outra porta. Parece menor sem os outros rapazes. Está com o Ralph do Pra Trás.

— Sinto muito, Ralph. Mas não está certo. Você entende, não é?

Ralph do Pra Trás sorri. Os punhos se fecham.

— Ah, claro que entendo.

Ele soca a barriga de Dave.

Seguro a mesa com força.

Dave grita. Ralph recua. Seu rosto é feio.

— Entendo que você combinou de me ajudar e está me deixando na mão no último minuto. Isso não está certo, Dave. — O punho golpeia de novo. — Eu estava contando com você.

Dave está no chão. A voz dele está abafada.

— Você arranja outra pessoa para fazer isso por você, não arranja? Você não precisa de mim...

— Ah, claro, não sou burro. — Ralph soca Dave outra vez. A cabeça dele bate no chão. Ele geme. — Estou arranjando alguém para ajudar. Alguém burro demais para entender qualquer coisa. Acha que preciso de você?

Ralph o chuta com força. Dave se encolhe.

Estou enjoado. Olho para o chão. Está tudo escuro e silencioso. Vejo as botas de Ralph.

Botas de mecânico.

Iguais às de Papai.

As botas que chutaram o vagabundo.

Meus olhos ardem. O nariz está cheio de catarro.

A cabeça está preta preta preta preta preta.

Não posso fugir disso. Timmer gane. Preciso do meu cachorro. Preciso dele perto. Agarro a mesa com força.

O Pra Trás está sumindo... O Agora está voltando. Dave está desbotando, mas consigo ouvir o que ele sussurra para Ralph do Pra Trás antes de sumir.

— Deixe Mikey em paz, Ralph. Fique longe dele...

Um balão se enche no meu peito. Dave me defendeu. Ralph o atacou. Dave estava sendo meu parceiro. Ralph mentiu. Ergo o corpo. Timmer arranha a porta. Cerro os punhos.

Ralph está em pé perto da pia. A torneira pinga. Os olhos dele faíscam. O rosto está rosado. Ele reveza a chave inglesa entre as mãos. Minha cabeça está tão cheia de vermelho que vai explodir.

— Você é mau!

Ralph sorri.

— Ah, mas pelo menos não sou burro, Mikey.

Há um rosto olhando pela janela atrás de Ralph. Dois rostos. Três? Não me importa. Não me importa quem seja.

— Você matou o vagabundo! Você machucou Dave!

Dou um passo à frente. Odeio Ralph. ODEIO! A chave inglesa se ergue alto no ar.

— VOCÊ DEDUROU PAPAI E O MANDOU PARA A CADEIA!

Avanço nele. Sou lento demais. Ele requebra para longe de mim, depressa. Ri. Gosta disso. Minha cabeça dói e dói.

— É, Mikey cabeça-lenta. E o seu pai era cabeça-lenta também.

Corro para ele de novo. Ele se esquiva. O balão está ficando maior e maior dentro de mim. Vejo labaredas e sombras por toda parte.

— E Bill também. Preciso te explicar tudo? O plano era *meu*, e Bill estragou tudo. Um golpe simples na droga da seguradora, será que ele conseguiria? Não! E pensar que montei aquele plano como um ato de *caridade*! — O cuspe voa da boca dele. — E Bill não podia manter aquela bocona fechada? Não, ele não podia. Seria fácil demais, não seria? Começa a beber! Desmorona como uma menininha! Canta nosso crime para quem quiser escutar! Entããããããããão... — O rosto de Ralph se contorce de novo. — Tive de calar aquela bocona dele... — Ele dá um passo à frente. A chave inglesa brilha à luz da cozinha. — Do mesmo jeito que vou calar a sua agora...

A chave vem abaixo. A porta dos fundos se escancara. Timmer late. Mergulho. A chave bate na pia. Há um preto-e-branco ali... não, *dois* preto-e-brancos. Eles agarram Ralph. Seguram-no com força. Ele cospe em mim. As veias de sua testa estão saltadas.

— Ralph Jackson, você está preso pelo homicídio de William Chimes... — Os preto-e-brancos berram para ele.

Recuo. Meg está ao meu lado. Ela me abraça. Está chorando na minha camiseta.

— Você está a salvo — soluça. — Está a salvo.

Sento-me no chão. Ralph luta, mas não consegue se livrar deles.

— Você está MORTO, Mikey Baxter. MORTO!...

— Já basta, filho. — Os preto-e-brancos o puxam pelo corredor, lá para fora. Um deles fala no rádio. Timmer late.

— A chave no bolso dele! — Estou em pé. — A chave para soltar meu cachorro!

O preto-e-branco a joga para mim. Minhas mãos estão tremendo. Meg destranca a porta. Timmer está aqui! Lambe meu rosto... ele está bem! Ele está bem. Enfio o rosto no pescoço dele e o abraço com força. Meu rosto está molhado e não quero que Meg veja. Ela põe a mão no meu ombro.

— Fiquei tão preocupada com você. — A voz dela titubeia. — Eu ia buscar sua mãe depois que o encontrei, mas aí vi um carro da polícia na rua. Ralph tinha dito a eles que você ia provocar um incêndio na casa dele. Queria que o prendessem. Mas você não estava lá. Você não fez aquilo! Convenci os policiais a virem aqui comigo. — Ela joga os braços em torno de mim e me abraça. — E Ralph confessou o assassinato na frente da polícia. Ele mesmo confessou! E os policiais ouviram!

Ainda estou segurando Timmer com força quando ergo os olhos.

— Ele era mau.

Meg faz que sim.

— Era mesmo. E vai para a cadeia com os outros malvados, Mikey.

Ponho a mão na minha cicatriz.

— Acha que todo mundo que está na cadeia é mau, Meg?

Ela começa a dizer alguma coisa e para.

— Papai foi para a cadeia. — Minha voz é bem baixinha.

Meg morde o lábio e acaricia a orelha de Timmer. A torneira ainda pinga. Os preto-e-brancos estão conversando lá fora no jardim, mas não consigo escutar o que dizem.

— Só porque alguém faz uma coisa ruim, não significa que seja totalmente mau, Mikey. — Os olhos de Meg estão mais verdes do que nunca.

— Papai era bonzinho, mas fez uma coisa má?

O rosto de Meg fica sorridente de novo.

— É, é o que acho.

Limpo o rosto. Estendo a mão e aperto o braço dela para agradecer.

— Tenho de ir embora.

— Para onde, Mikey?

Puxo a coleira de Timmer. Ele está em pé ao lado da mesa da cozinha de Ralph. Levanta a pata ao lado da mesa, depois me olha e balança o rabo.

— É hora de eu voltar e ver Papai.

Capítulo vinte e oito

Não consigo ouvir direito. O mundo inteiro está muito longe. O Pra Trás está por toda parte. Não consigo fugir disso. As nuvens são sopradas pelo céu escuro, mas não consigo sentir o vento.

Andamos para casa pelo caminho de trás, pelo pasto, assim não tenho de ver os preto-e-brancos e Ralph. As vacas agora estão no pasto perto do rio. Ponho a guia em Timmer quando passamos por elas, que me observam, mas não ficam com medo. A Velha Mary está com o bezerro ao lado. Paro um instante. O Pra Trás ajudou você, Velha Mary. Ela me fita com os olhos castanhos e tranquilos. Procuro Bess e a bezerrinha: estão lá perto da margem do rio. O Pra Trás ajudou vocês também. E ajudou a pegar Ralph, que é mau. Cackler disse que ajudaria. Mas ainda não acabou. Ainda não. As sombras ainda estão bem acordadas. Elas me puxam.

Passo pelo mato; lixo empilhado junto aos trilhos. Passo pelo buraco na nossa cerca. Ando até nosso jardim bagunçado.

Sei aonde tenho de ir, mas estou apavorado. Apavorado. Apavorado. Timmer gane, mas está muito muito longe. Sinto muito, Timmer-meu-cachorro. Você não pode vir aqui. Você não pode vir comigo.

O galpão está preto de tantas sombras. Está me observando. Esperando. Lambendo os beiços. Sabe que tenho de ir. Tenho de fazer isso parar.

Subo o caminho, contorno a macieira, minha mão se estende para a porta. Empurro-a. Timmer fica atrás. Senta-se debaixo da árvore. Meus olhos estão chorando e não consigo impedir. Entro e fico parado. As sombras estão enlouquecendo nos meus ouvidos. Berram. Gritam.

— Olá, Mikey.

O galpão fica num silêncio absoluto. Meus ouvidos despertam. Papai está sentado na cadeira de praia com cheiro de loção de barbear. Está encostado na parede do galpão. Usa jeans e uma camiseta listrada. Papai está mais claro do que todo o resto: quase brilhando. Minha garganta incha.

— Olá, Papai — sussurro.

Ele dá um tapinha na cadeira de praia; há espaço para mim também.

— Sente-se, Mikey. Sente-se, meu filho.

Minhas pernas caminham até ele e me afundo. Ele estende a mão para tocar minha cabeça. Encolho-me, mas, ao mesmo tempo, quero que ele me toque. Ele exibe um sorriso triste e abaixa a mão. Fico com vontade de chorar.

Ergo os olhos. O gelo se esgueirou por todo o teto do galpão. Cintila como estrelas no céu da noite. Nunca o vi tão bonito.

Papai ergue as sobrancelhas e olha para a porta. O pescoço dele ainda está machucado.

Está começando. Firmo os pés com força no chão e espero.

Mamãe do Pra Trás entra correndo e bate a porta na parede de madeira, e o galpão inteiro treme. Andou chorando, o rosto está vermelho vivo.

— Você não conseguiu se segurar, não é? Não conseguiu se segurar de jeito nenhum. — A voz dela está aguda e muito muito zangada. Ela joga coisas para fora do caminho: o regador verde, a caixa de ferramentas de plástico, um rolo de corda... porque está procurando alguma coisa. As mãos tremem e ela não observa direito o que está fazendo.

Papai do Pra Trás vem andando atrás dela. Está com o rosto vermelho também.

— Fiz isso por todos nós. Pela família. — Há uma rachadura na voz dele, que parece se fazer em pedacinhos.

Mamãe para com as mãos na cintura.

— Ah, e como é que provocar um incêndio, um maldito INCÊNDIO, vai ajudar? Hein? Hein?

— Bill disse que me pagaria! Mais dinheiro para ajudar a família!

Mamãe se sacode quando levanta a mão para afastar o cabelo dos olhos. Comprime os lábios com força para impedir que estremeçam, e as narinas se alargam. Uma lágrima corre pela bochecha, porém ela a ignora.

— Então me diga, ó Grande Sábio, como é que um pai na cadeia vai ajudar Mikey? Ou a mim? Você ouviu o que o advogado disse sobre sua chance no julgamento da semana que vem. Quantas VEZES eu te disse para andar na linha?

As lágrimas continuam correndo e correndo pelo rosto dela, como uma cachoeira silenciosa, mas ela nem nota.

Papai do Pra Trás faz um barulho como se estivesse sendo estrangulado, e os punhos se fecham com muita força, até os nós dos dedos ficarem brancos.

Fico imóvel e enrijeço os dedos.

Ele soca a parede do galpão COM FORÇA. Há uma rachadura. Parece que alguém esmaga minha cabeça ao mesmo tempo.

Encolho-me. Papai-ao-meu-lado suga o ar entre os dentes. Ele sabe o que vai acontecer.

— EU JÁ DISSE. — Papai soca a parede de novo a cada palavra. — EU JÁ DISSE... Bill... Vai... Nos... Pagar...

Está pingando sangue das mãos dele.

Mamãe treme e se segura na bancada para não cair.

— MAS COMO PODE?! — A voz dela está tão aguda e gritada que não se parece nada com Mamãe. — Você vai para a cadeia E VAMOS FICAR AQUI SOZINHOS!

Todas as bordas dela estão denteadas como caquinhos de vidro. Até a voz dela está áspera.

Há um imenso buraco vazio se abrindo na minha barriga e vou cair dentro dele. Seguro-me na cadeira de praia, mas as mãos escorregam no plástico.

O rosto de Papai se contorce. Sua boca parece a de um animal enraivecido. Ele dá um passo na direção dela. Os punhos ainda estão fechados.

Tapo os olhos com a mão, mas abro os dedos para continuar enxergando.

— Não é culpa minha! — A voz dele sobe num grito. — Fiz isso pela FAMÍLIA!

Mamãe cobre os olhos com as mãos e desmorona no chão como um papel amassado. O rosto dela está todo enrugado e a boca se escancara, mas não sai som algum. Não aguento.

Levanto-me e começo a andar na direção dela. Papai-ao-meu-lado tenta segurar meu braço, mas falha.

Não suporto isso. Não suporto isso. Tudo está se quebrando. Tudo está se estilhaçando. Está tão preto à nossa volta que não consigo mais ver o galpão.

Papai se vira e soca a parede atrás dele.

Parem! Vocês dois, por favor...

— PAREM! — O Pequeno Mikey está em pé à porta. É um dia de inverno, com gelo lá fora. Ele usa um cachecol de lã amarelo.

Desmorono de volta na cadeira de praia. Gelo do inverno. Isso aconteceu num dia gelado.

Ele está pálido, e o lábio inferior treme.

— Parem — grita ele, e se estica um pouco mais.

Papai se vira. As lágrimas de Mamãe recomeçam. O corpo dela estremece sem fazer ruído.

— Calado, Michael! — Papai se move em direção a ele, mas Mamãe segura o seu braço. Ele se desvencilha dela como se fosse uma mosca, e ela cai na pilha de vasos plásticos para plantas.

O Pequeno Mikey tapa as orelhas com a mão e fecha os olhos, e começa a berrar a plenos pulmões.

— Parem! Desculpem desculpem desculpem desculpem mas parem mas parem mas parem desculpem desculpem desculpem desc...

— CALADO! — ruge Papai. Ele levanta os braços e não cabe mais no galpão. É maior do que todas as paredes e a porta.

— STUART! — grita Mamãe, tentando sair de cima dos vasos de planta.

Papai gira para olhá-la. Os braços estão voando, mas se mexem em câmera lenta. São bonitos e morenos e cheios de músculos. Ele derruba o Pequeno Mikey. A boca do Pequeno Mikey é um buraco redondo de surpresa. Ele cai de lado.

A borda afiada da caixa de ferramentas de metal aguarda a cabeça do Pequeno Mikey no chão. Consigo ver os dentes famintos. Querem lhe rasgar a cabeça. Querem devorá-lo todinho.

Minhas mãos voam para a parte de trás da cabeça. Grito.

O Pequeno Mikey está caído no chão.

Mamãe se agacha ao lado dele.

Papai puxa o próprio cabelo e seu rosto está dilacerado.

Há um buraco atrás da cabeça de Pequeno Mikey. Todo a escuridão do galpão está viva. As sombras, minhas sombras, estão crescendo nele. Algumas dão corridinhas pelos cantos. Algumas cochicham. Algumas somem dentro do Pequeno Mikey e ele ainda não se mexe.

O gelo se esgueira vindo do jardim. Cintila pelo chão.

Engulo em seco.

Então é isso.

Foi assim que tudo começou. As sombras. O gelo. Tudo.

Estendo a mão para o Pequeno Mikey. Ponho a mão na cabeça dele e acaricio seu cabelo cacheado, e deixo os meus dedos muito leves muito leves muito leves. *O cachecol amarelo está ficando vermelho.* Passo os dedos no pedacinho da bochecha onde se forma uma covinha. Minhas mãos começam a tremer. Mordo o lábio. Quando os médicos o acordarem, Pequeno Mikey, você será eu.

Papai se abaixa ao meu lado. Tenta tocar o Pequeno Mikey, mas Mamãe não deixa. Ela o empurra para longe; ele só amolece o corpo e a deixa.

Mamãe pega o pequeno Mikey no colo. Ele está todo mole como um coelho morto.

O sol de inverno do Pra Trás entra brilhando pela janela suja e recai sobre a pilha de cadeiras de jardim alaranjadas e a churrasqueira e a minha bicicleta Raleigh azul.

Sento-me de volta na cadeira de praia.

Papai não se mexeu.

Mamãe o olha da porta. Ela ainda segura o Pequeno Mikey com força. O lábio superior dela se torce como se ela não o suportasse. Então ela vai embora.

Papai fica sentado por um minuto. Estende a mão para onde o Pequeno Mikey estava caído. Há uma poça escura no chão. As narinas dele se inflam e os olhos se enchem d'água. Ele se levanta num salto e sai correndo do galpão, atrás de Mamãe. Cambaleia como se estivesse bêbado.

Não me mexo. A luz está mudando. Sinto cheiro de grama cortada fora do galpão. A luz cinzenta entra pela janela e ilumina minha perna. É manhã. A noite acabou. É o Agora.

Papai-ao-meu-lado também não se mexeu. O rosto dele está molhado. A boca se move, mas não consigo ouvir o que ele diz.

Chego um pouco mais perto.

Timmer entra no galpão, vindo lá de fora.

Papai-ao-meu-lado está ficando transparente. Consigo ver as redes de pesca na parede do galpão através dele. A boca não para de se mexer, mas ainda não consigo ouvi-lo. O rosto está enrugado e cansado e com olheiras. Chego bem perto e ponho o rosto junto do dele. Os olhos ficam como a luz do sol por um instante, e depois ele fala, de novo:

— Desculpe, meu filho — sussurra. — Foi um acidente. — Ele estende a mão, e o braço é quase tão transparente quanto filme plástico. Põe a mão na minha cicatriz, mas só sinto um vento suave. Ele sorri, e eu sinto dor. — Meu menino. Meu Mikey.

Capítulo vinte e nove

Fico sentado no jardim observando o céu. Vai fazer calor de novo. O Pretinho começa a cantar para o novo dia antes de todos os outros passarinhos. Os melros são os primeiros a cantar de manhã e os últimos a cantar à noite: um sanduíche de canto de melro. Ele está em cima da cerca, entre nós e Albert. Timmer tira a cabeça da minha perna e dá um latido grave. Pretinho fica um minuto, depois sai voando. Timmer grunhe e põe a cabeça de volta na minha perna. Acaricio o pelo áspero e crespo de suas costas. Eu e o meu cachorro.

A porta do galpão está escancarada. Agora não há mais sombras lá. Papai também se foi. Disse que eu era seu menino. Engulo em seco. *Ainda* sou seu menino. O Pequeno Mikey era faiscante e rápido rápido rápido, mas tenho a minha cicatriz e consigo enxergar o Pra Trás.

Passos estrondeiam pelo caminho que vem da rua. Sento-me ereto. O rabo de Timmer começa a balançar.

— Você quase me matou de medo! — Mamãe vem correndo para o jardim, pelo canto da casa. Ela me segura e me abraça com força, toda esponjosa.

— MAMÃE! Você chegou! — Aperto-a com força. Só percebo que estou tremendo quando ela me abraça. Ela ficou menor desde que a vi da última vez.

— Onde diabos você estava? — Ela me afasta, beija minha testa com força e me abraça de novo. — Cheguei em casa ontem à noite de surpresa... e você tinha sumido! Olhei em todos os lugares e não encontrei você. NENHUM BILHETE! — Ela sacode meus ombros. — Liguei para a fazenda de Cackler porque Pat disse que você poderia estar lá... Pat está na fazenda agora, tenho de ligar para ela... E eles me puseram em contato com a polícia. — A voz dela começa a falhar. Ela respira fundo, põe a mão no peito. — Você quase me matou de preocupação, Mikey.

— Desculpe — sussurro.

Mamãe cobre o rosto com a mão por um minuto.

— A polícia me contou tudo... o vagabundo, você na casa de Ralph, a coisa que ele fez com Papai... depois você saiu correndo na escuridão... — Ela dá um soluço. — Meu Deus, que noite!

— Ralph era mau.

Mamãe tira um pouco de cabelo do meu rosto.

— O que estava fazendo metido com aquele homem, amor?

Entrelacei os dedos.

— Ele disse que seria meu amigo e me levaria à praia. Almoçamos juntos. E tomamos umas cervejas. E ele me mostrou a fazenda.

Mamãe põe os braços nos meus ombros e me segura com força.

— Achei que ele fosse bonzinho, mas não era. — A voz sai abafada porque minha cabeça está no ombro dela.

— Você devia ter me contado...

— Você não estava aqui.

Mamãe põe a mão no meu queixo e levanta o meu rosto para eu olhar para ela.

— Sinto muito não ter estado ao seu lado recentemente. Desculpe. Há uma coisa que eu deveria ter lhe contado sobre Papai... — A voz dela começa a falhar, mas ela continua olhando meu rosto. — Não queria deixar você nervoso porque sempre falei para parar de pensar nele... Queria proteger você...

Fico sentado bem quieto. Mamãe acaricia meu cabelo e enrola um dos cachos no dedo. Pretinho pousa na grama ali perto. Estendo a mão para ele, que saltita à frente um pouco antes de sair voando outra vez.

Mamãe dá um sorriso triste.

— Você é igual ao seu pai em seu amor pela natureza. — Ela desgrenha meu cabelo. — Ele achou tão difícil se ajustar à vida na cadeia...

— Mas ele não está mais lá, está? — sussurro.

Ela respira fundo.

— Mais ou menos, Mikey. Ele ainda está preso, mas teve de ir para o hospital.

— Ele está mal?

Ela põe o braço em torno de mim e beija o topo da minha cabeça.

— A penitenciária me ligou porque Papai tentou... tentou tirar a própria...

Penso na marca vermelha no pescoço de Papai, no galpão. Cruzo os braços com força. Timmer se senta bem ao meu lado, não tira os olhos do meu rosto.

Mamãe funga e pigarreia, tudo ao mesmo tempo, e depois sussurra tão baixinho que mal consigo escutar.

— Ele está inconsciente no hospital... Isso significa que está dormindo de um jeito que não dá para acordar. Os médicos não sabem se... se...

— Ele vai melhorar? — sussurro.

— Não sei, amor. — A voz dela está esfarrapada, quebrada em pedacinhos. — Não sei...

O vento sopra pelas folhas da macieira. O céu está azul azul azul. Timmer me olha com os olhos castanhos. Acaricio atrás de sua orelha preta. Ele põe a cabeça no meu joelho. Preciso do meu cachorro.

Mamãe assoa o nariz.

— É engraçado... eles levaram seu pai para o hospital na noite em que você achou que o tinha visto no galpão...

Fecho os olhos porque estão muito quentes e ardem. Papai queria falar comigo naquela noite. Queria muitíssimo falar comigo. Veio me ver e eu não quis lhe dar ouvidos.

Encosto o corpo em Mamãe. Ficamos assim um tempão. Ela é quente. Não está longe, não mais. Ela está aqui bem ao meu lado, embora eu saiba que está chorando.

Ponho a mão no bolso da calça. Puxo a foto. Mamãe e Papai e eu na praia. Sorrindo. Felizes.

Mamãe acaricia meu rosto na foto. Depois beija minha cabeça.

— Acho que é hora de irmos lá de novo. Não é, Mikey? Seu presente especial?

Sorrio e começo a chorar.

— Ah, meu querido. — Os braços dela são um círculo e estou a salvo.

— Posso levar alguém comigo, Mamãe? — Minha voz falha.

Mamãe recua e ergue as sobrancelhas.

— Quem?

— Meg. A neta de Cackler. Ela é minha amiga.

Mamãe limpa as lágrimas da minha bochecha

— É claro que ela pode ir também. — Ela me abraça com força. — *É claro* que pode.

Acaricio o pedacinho macio e sedoso das orelhas de Timmer. Espero minha cabeça se assentar como o lodo que vai para o fundo do rio depois de ser todo remexido.

Olho as árvores e os morros a distância. Talvez não saibam se Papai vai acordar, mas sei de uma coisa com muita clareza clareza clareza. Papai veio me ver quando estava doente — chegou a expulsar o vagabundo do Pra Trás. Esperou até eu estar pronto para vê-lo e esperou até ficar tudo bem. Ficou até eu ser capaz de entender.

Capítulo trinta

Estou tão feliz que o meu rosto até dói de tanto sorrir. Mamãe e eu e Timmer estamos no ônibus e vamos à praia. Sentamos no banco de trás. No andar de cima. Vamos buscar Meg no ponto de ônibus do vilarejo dela. Timmer está sentado aos meus pés. Acho que ele não gosta muito, mas vai dar tudo certo. Mamãe e eu podemos pegar o ônibus de novo em breve, mas Timmer não pode ir conosco nesse dia. Vamos ver Papai no hospital, mesmo que ainda esteja dormindo. Mamãe diz que ela vai ver se dá, mas que não é para a gente se preocupar com isso hoje. Hoje vamos à praia.

Ela não para de me olhar e tem um sorriso no canto da boca. O cotovelo se apoia no banco da frente e, quando ela levanta a mão para afastar o cabelo do rosto, está com um padrão xadrez marcado no cotovelo.

O sol também está sorrindo. Estamos no campo agora. A terra é plana e consigo ver quilômetros à frente. Campos e campos de amarelo e verde. Hoje gostaria de saber voar.

Abriria os braços e voaria, voaria, voaria. Voaria em torno do ônibus e acenaria para Mamãe pela janela para lhe dar um susto, e depois apostaria corrida com o ônibus até o mar. Os campos zumbiriam abaixo de mim.

Era assim quando eu era pequeno e viajávamos de ônibus; minhas pernas não alcançavam o chão quando eu me sentava no banco de trás. Costumava bater os calcanhares na parte dura do assento, tal como um tambor. Fazíamos piqueniques quando Papai... quando ele ainda estava... antes de eu precisar de Timmer.

Senti o assento rodopiar debaixo de mim. O Pra Trás? Timmer lambe minha mão. Rá! Que venha o Pra Trás. A noite de ontem consertou o Pra Trás.

O Pequeno Mikey está sentado ao meu lado. Ri feito um macaco e tem chocolate em volta da boca toda. Bate os sapatos na parte de baixo do banco.

Bum tá tá, bum tá tá...

Imito-o e batuco a ponta dos pés no chão, depois começo a tocar os tambores imaginários dos antigos piqueniques do Pra Trás. Tinha esquecido tudo sobre eles, foi há tanto tempo. Tocamos juntos — as mãozinhas dele e as minhas mãozonas.

Bum tá tá, bum tá tá...

Mamãe olha pela janela.

Bum TÁ TÁ TÁ TÁÁÁÁÁÁÁÁÁÁÁ.

Xiiiiiiiing. Bato no prato de cima. Xiiiiing!!!!!

Mamãe assoa o nariz.

— Tudo bem, Mamãe?

— Brinque de outra coisa, amor. Brinque de outra coisa. Que tal "espião"? Você começa...

Então olho para Pequeno Mikey e ele pisca para mim. Olhamos pela janela à procura de algo para espionar.

O ônibus para. Meg embarca. Sobe a escada correndo e sorri para mim.

— Olá, Mikey e... — ela dá de ombros e ri — mãe do Mikey!

— Oi, Meg! — Mamãe sorri. — Eu me chamo Lisa. Venha se sentar conosco! — Ela muda de lugar. — Acho que te devo um obrigada por ter ajudado meu filho ontem à noite.

Meg se espreme ao meu lado. A perna dela está apertada contra a minha.

— Foi um pouco assustador. Vovô está se sentindo péssimo por não ter percebido o que estava acontecendo.

— Não foi culpa dele! — diz Mamãe. — Ele é um homem muito bom, o seu avô. Não há nada de errado em ver o bem em todo mundo... quem imaginaria...

Sinto um calafrio e olho pela janela. Sei que Meg está me observando. Ela chamou os preto-e-brancos para Ralph não me machucar. Só pensei nisso agora.

— Obrigado por ontem à noite — sussurro.

— Você foi meio maluco — sussurra ela de volta —, mas foi corajoso também.

Timmer se remexe no chão.

— Mas tudo teria dado errado se não fosse você. — Só por um segundo, ponho a mão sobre a dela.

Meg me dá o maior sorriso do mundo. Mamãe se vira. Olho pela janela para que ela não possa ver meu rosto.

Sinto que engoli uma estrela.

Agora o ônibus passa pela estrada junto ao rio. Não parece mais meu rio, está bem largo — o outro lado fica a quilômetros. Há barcos — barcos de verdade com velas vermelhas, amarelas, verdes — e gaivotas boiando na água. Batuco os pés no piso do ônibus. O ar tem cheiro diferente também. Salgado. O rio está se preparando para entrar no mar, exatamente como o Sr. Oldfield explicou na escola. Para a frente para a frente para a frente.

Vejo o mar primeiro. Começa como uma tirinha branca que quase parece o céu, mas não é. Então a gente percebe, quando chega mais perto, que é um tipo de azul diferente e é água. A melhor coisa do mar é que ele vai e vai e vai. Não tem paredes nem portas fechadas — só silêncio e água até onde dá para enxergar.

Agora o rio é tão largo que o azul do rio se mistura ao azul do mar.

— Está vendo lá? — Meg se inclina contra mim, apontando pela janela. — A linhazinha de ondas onde a água do rio encontra a do mar?

— Bem observado, Meg! — Mamãe sorri.

Eu também sorrio. Meg é boa para perceber coisas.

Timmer puxa a guia com força quando descemos do ônibus. Ele odeia carros e coisas porque está acostumado a andar por toda parte comigo. Não consigo me lembrar da última vez que Mamãe e eu fizemos coisas assim juntos. E Meg está aqui também. Mamãe e Meg e eu e Timmer.

Há algumas lojas com algodão doce e camisetas e coisas perto da parada de ônibus; passo depressa porque a música e as luzes vão me confundir. Mamãe diz que não importa, que voltará mais tarde.

Subimos o caminho de cascalho e depois a pequena duna de areia com capim eriçado no alto.

Ahhhhhhhh, veja só isso, Timmer.

Veja só isso!

A praia é plana e ainda um pouco molhada e brilhante para correr, e se estica até tão longe que a gente nunca teria de parar. O vento canta nos meus ouvidos como eu sabia que cantaria. Consigo ouvir o mar cantando também. Timmer late e puxa e faz um círculo e enrola a guia nas minhas pernas. Mamãe ri e seu rosto está sereno.

Tira sapato, tira meia, tira guia — e Timmer e eu e Meg corremos corremos corremos... é como se estivéssemos quase voando.

Estamos mesmo quase voando.

Eu passaria o dia inteiro aqui. Timmer também. Ele late e pula na água, aí sai de novo e aí corre em círculos e aí persegue as gaivotas e aí volta e late e pula nas ondas. Queria trazer a raquete de tênis e a bola para jogarmos, mas esqueci. Não importa.

Meg pula na água e respinga tudo, mas fico só na beirinha para começar, de modo que as ondas só cheguem aos dedos dos pés. Elas fazem cócegas e depois voltam. Vêm e voltam. Vem uma grandona — dá para saber pelo relevo que sobe no mar, e se quebra na areia e sobe pelos meus pés. Fria e cintilante. Então entro mais. Não me mexo há séculos, e as ondas puxam a areia debaixo dos meus pés até os tornozelos, como se os estivesse acomodando numa cama de areia.

É para cá que o rio vem, para este mar. Meu rio. O rio do socó. O rio do vagabundo. Ele traz consigo todos os segredos e depois os lava.

Livro os pés da areia e pulo na onda seguinte. Timmer dá um latidinho e pula comigo.

— Ei, veja isso! — Meg está em pé perto de uma poça nas pedras. A calça jeans está dobrada até o alto da perna.

Vou espirrando água até ela, que levanta um maço de algas com uma vareta. Inclino-me. É um caranguejo preto e verde com pinças. Timmer late para ele, que se mexe um pouco, mas não tem para onde ir.

— Legal, né? — Os olhos de Meg brilham. O cabelo dança no vento. Cachos por todo o rosto.

— Ele é bonzinho!

Meg sorri. Com o polegar e o indicador ela o pega na parte mais larga da carapaça para que ele não possa beliscá-la. De cabeça para baixo, só tem um corpinho.

— Vovô diz que quando eles perdem uma pata, criam outra.

— Que legal!

— Eu sei, eu sei... — Meg o devolve à poça d'água e o cobre com as algas de novo. — A gente podia criar braços novos...

— Ou pernas...

— Ou cabeça... — Meg começa a rir.

Gosto disso. Coisas se fazendo melhores. Surge um bolo na minha garganta. Talvez Papai faça isso também.

Mamãe acena para nós, de perto das dunas de areia. O vento canta para mim enquanto subimos pela praia. Adoro isso. Quero ficar aqui para sempre.

— Tem uma barraquinha logo ali, então comprei peixe com fritas para nós. — Mamãe distribui os embrulhos de jornal.

O cheiro é tãããããão bom. Timmer se senta bem ao meu lado com sua melhor cara de fome. Começo a comer, o sal e o vinagre chiam na minha língua. Timmer está babando, e lhe dou um pouco. Ele engole tudo de uma vez só e faz cara de fome outra vez.

O cabelo ruivo de Mamãe voa para todo lado no vento e ela ri para nós.

— Ahhh, isso é que é vida. — Ela se recosta na areia e se deita de lado.

Meg está recostada para trás, os cotovelos na areia.

— Ei, Mikey, eu estava conversando com vovô sobre a noite de ontem. Ele disse que, se sua mãe concordar, você poderia trabalhar um pouco na fazenda durante suas horas vagas. — O dedão do pé dela traça uma curva na areia. — Sabe, agora que Ralph se... se foi.

Mamãe observa meu rosto, as sobrancelhas arqueadas.

Estou com o melhor dos melhores sentimentos do mundo borbulhando na garganta.

— Posso ficar com a Velha Mary e Bess... e os porcos... e as galinhas, e ajudar com a ordenha e a pôr comida e a levar as vacas e TUDO?

Meg ri.

Eu me levanto e faço minha dancinha. Mamãe ri também, e Meg bate palmas. Corro em volta e remexo o bumbum e faço a dança da perna dobrada. Timmer late e dança também.

— Então acho que isso é um "sim"! — Meg dá uma risadinha. — Vovô acha que você é fantástico com os bichos. — Ela se vira para olhar para Mamãe.

Mamãe sorri.

— Como eu poderia dizer não depois desse pequeno espetáculo?

Corro até ela e lhe dou um abraço. Ela meio que se apoia em mim. Está quase tão feliz quanto eu. Sorri e fecha os olhos.

— Você ainda tem coração mole, Mikey, debaixo disso tudo, não é, amor?

Debaixo do quê? Não sei o que ela quer dizer, mas o rosto dela está tão feliz que não me importo. Significa alguma coisa boa, tenho certeza. A respiração de Mamãe fica mais lenta. Acho que ela está quase dormindo.

Meg se levanta.

— Vou ver se há mais caranguejos. Quer vir?

Mamãe solta um ronquinho. Fazia muito tempo que não parecia tão bem.

— Já, já, Meg.

— Vejo você depois, ajudante do Cackler! — Ela ri e se afasta.

Agora o vento está mais calmo; está tirando um cochilo, como Mamãe. Adoro o barulho das ondas. Fecho os olhos. O mar canta para o Pra Trás na minha cabeça. Sinto o mundo rodopiar à minha volta. Está vindo, Timmer, está vindo.

Quando abro os olhos, há uma moça loura, quase uma mulher, sentada só um pouquinho afastada de mim. Usa uma saia florida bem curtinha, e os pés estão enterrados na areia. Está lendo uma revista e o vento sopra o cabelo no seu rosto. Sopra as páginas também. Ela prende o cabelo atrás da orelha e, quando solta a

revista, o vento a levanta no ar. Ela sai batendo as páginas como um passarinho de papel. A mulher se levanta e ri e corre atrás.

Vejo o rosto dela.

Agarro a coleira de Timmer.

Há um homem também. Eu não tinha notado. Está andando pela praia em nossa direção, vindo do outro lado. Tem cabelo preto e usa jeans e uma camiseta preta. Uma das mãos está acima dos olhos para que ele consiga ver direito. A moça não consegue pegar a revista. Está correndo e parando e errando. Ele ri. O vento açoita a revista na frente dele e ele dá um pulo alto para pegá-la.

Ponho os braços em torno do pescoço de Timmer.

Vi o rosto dele também.

Ele faz uma reverência e a entrega à moça. Ela dá uma risadinha e faz uma reverência fingida.

— Obrigada, gentil senhor — diz a mamãe do Pra Trás.

— O prazer foi meu, minha dama — diz o papai do Pra Trás. — Stuart, a seu dispor.

Não me lembro dele assim. Tem olhos azuis cintilantes. Não há hematomas. Nenhuma ruga nem cicatriz.

Ele sorri e passa as mãos no cabelo. Está se exibindo para ela, Timmer, é isso que ele está fazendo.

Puxo os joelhos para mais perto.

Mamãe me olha, mas não consegue nos ver, sei pelos olhos dela.

Ela é linda, a Mamãe. O rosto é todo rosado e bonito. Ela não lhe diz seu nome. Enrola a revista e depois protege os olhos do sol.

Papai arruma o cabelo de novo. Puxa um maço de cigarros do bolso de trás do jeans e lhe oferece um. Mamãe sorri para ele, que deixa o maço cair na areia e fica com o rosto meio corado.

Ele pega o maço e o estende de novo.

— Cigarros para a dama?

Mamãe esfrega um dos pés na panturrilha da outra perna. Papai olha as pernas dela, e Mamãe fica corada também.

— Não fumo.

Papai sorri. Eu tinha me esquecido daquele sorriso. Ele sempre o exibe antes de começar a dançar ou antes de começar a cantar.

— Ah, vamos, vamos, minha dama. Sou mesmo uma péssima influência.

A Mamãe do Pra Trás pega um e os olhos dela brilham.

Ouço um ruído atrás de mim. Mamãe do Agora começa a se espreguiçar e boceja na esteira. Ela dá um suspiro de quem acordou, mas os olhos ainda estão fechados. Timmer gane e olho a praia outra vez. Mamãe e Papai do Pra Trás estão sumindo, sumindo, sumindo no nada. Só o que resta é o vento e a areia e o mar.

Papai não tinha má aparência naquela época, tinha? Tinha, Timmer?

— Devo ter cochilado — diz Mamãe, os olhos ainda fechados.

— Hum-humm.

– Está tudo bem, amor?

Mamãe me espia com um olho franzido e o outro fechado, a mão acima do rosto. Parece a Mamãe do Pra Trás, mas tem mais rugas em torno dos olhos.

— Está. — Desenho um círculo na areia, redondo e redondo e redondo. Uma pergunta está crescendo dentro de mim e não consigo mantê-la guardada.

— Você conheceu Papai nesta praia, Mamãe?

Ela inspira com força, se levanta e abraça bem os joelhos. Não me olha; em vez disso, observa as ondas a distância. Meg está começando a andar de volta até nós e vai ficando maior conforme sobe a praia.

— Foi, amor. Conheci aqui.

Dá para sentir como Mamãe fica triste a partir daí.

— Por que pergunta? Lembrou-se de algum comentário meu?

Dou de ombros. Parece que uma casca foi arrancada de alguma coisa dentro de mim, e a pele por baixo está bem vermelha e dolorida e tenho de tomar cuidado.

Agora Meg está aqui. Seu rosto está rosado e brilhante.

— Que tal um sorvete?

— É! Podemos, mãe?

— Por que não? — Mamãe ri. — Uma viagem ao mar não estaria completa sem sorvete, não é mesmo?

Olho de Meg para Mamãe para Timmer. Estamos na praia, todos juntos. Vou trabalhar na fazenda. Encontrei meu Pra Frente aqui na praia. Há tanta luz em mim que eu poderia sair flutuando.

Mamãe e Meg andam de volta para as dunas de areia. Caminho atrás delas, arrastando os pés. Quero que o vento e as ondas cantem nos meus ouvidos para sempre.

Olho para trás, e Timmer está parado, muito imóvel, as orelhas para a frente. Observa alguma coisa no mar. Viro-me e olho também.

Duas pessoas, de mãos dadas, correm pela areia e chapinham nas ondas.

Timmer balança o rabo, fitando-as. Uma nuvem cobre o sol só por um instante. Fico com um nó no estômago. Parece que o homem tem cabelo louro cacheado. Não o cabelo preto de Papai — cabelo louro como o meu.

Semicerro os olhos para enxergar melhor. Timmer dá um latido grave. Meu coração bate muito alto.

O vento sopra e as nuvens se mexem. O sol brilha de novo e não consigo mais vê-los direito.

— Venha, seu preguiçoso! — chama Mamãe às minhas costas. — Se não se apressar o homem do sorvete vai embora!

Fico só mais um pouquinho. O homem joga água na mulher e ela ri e corre praia acima.

— Mikey! Depressa! — chama Mamãe de novo.

Viro-me devagar e sigo por sobre as dunas em direção à caminhonete do sorvete. Mordo o lábio para não sorrir. Timmer dá latidinhos em meu encalço e me observa enquanto ando.

Não adianta, Timmer-meu-cachorro. Dou um tapinha na cabeça dele. Não sei quem era; não deu para ver se era o Papai do Pra Trás ou se era eu quando for grande.

A luz do sol na água estava forte demais.

Agradecimentos

Muito obrigada à minha turma e aos professores maravilhosos do mestrado em escrita para jovens na Universidade Bath Spa por todo o apoio e inspiração para trazer Mikey e a sua história às páginas, principalmente à líder do curso, Julia Green. Também devo muito a Liz Cross, Jasmine Richards, à equipe da Oxford University Press e à minha agente Victoria Birkett pela ajuda e pelo entusiasmo.

Obrigada também a todos que me ajudaram com a pesquisa, como Sandy Dunford e suas muitas ideias sobre crianças com dificuldade de aprendizagem; Jenni Mears do City of Bristol College e sua turma de alunos que me receberam tão bem; Neil Darwent pela visita utilíssima a uma fazenda de gado leiteiro em Somerset; Jim e Simon pelos esclarecimentos sobre questões policiais; e à equipe sempre prestativa da RSPB, que respondeu às minhas perguntas intermináveis sobre socós.

Principalmente, obrigada à minha família e aos meus amigos, em especial aos meus pais e a Jo, Neil, Simon, Angela e Shawn pelo apoio e pelo estímulo na busca do meu antigo sonho de escrever para jovens.

Nota da autora

Conheci Mikey quando escutava a leitura de um poema. Mikey era apenas uma sombra naquela época, mas embora eu não conseguisse discernir seus traços direito e ainda não soubesse exatamente quem era, senti-o com toda a força. E sei que gostei muito dele.

O poema se chamava "Slow Reader", "O leitor lento", de Allan Ahlberg, e fez meu sangue ferver. Conta a história de uma criança que se esforça no grupo de leitores lentos enquanto os irmãos jogam futebol ou participam de brincadeiras no recreio. Eu nunca tinha visto a vida pelos olhos de alguém com dificuldades de aprendizagem e fiquei furiosa porque ele (eu imaginei essa criança como "ele") se sentia tão inadequado.

Quando voltei para meu carro depois da leitura, decidi naquele instante que escreveria a história desse menino-sombra sincero e desprezado, mas lhe daria um talento especial, algo que mais ninguém conseguisse fazer.

Dei uma olhada na vida de Mikey (nisso ele já tinha nome) e o vi sendo alvo de implicância e zombaria. Mas seu mundo era diferente: as sombras sussurravam e o gelo cintilava com muito brilho. Enquanto observava, uma das implicâncias — sobre ficar sempre "pra trás" — elevou-se no ar e começou a mudar de forma, assumindo um significado totalmente diferente...

Espero que você tenha gostado de ler a história de Mikey. Adoraria saber o que achou; entre em contato comigo pelo meu site **www.sarahhammond.co.uk** se quiser me mandar um recadinho.

Este livro foi composto na tipologia Kepler Std,
Regular, em corpo 11/16, e impresso em
papel off-white no Sistema Cameron da
Divisão Gráfica da Distribuidora Record.